W0172633

SVLTO

Drei Gauner ziehen im Jahr 1000 durch Italien, treffen auf Mönche, Frauen und wilde Tiere, entkommen der Pest und dem Scheiterhaufen. Und haben dabei nur eins im Sinn: Hunger! Essen! Trinken!
Erzählt werden ihre Abenteuer in der ironisch althergebrachten Sprache, die Luigi Malerba in »Pataffio« so meisterhaft vorgeführt hat – höchst lebendig in Szene gesetzt von der dialogischen Kunst Tonino Guerras.
Ein Episodenreigen nach den klassischen Regeln des Schelmenromans: komisch und voller Überraschungen, auch für uns fortschrittliche Geschöpfe im nahenden Jahr 2000.

01/04m/

LUIGI MALERBA
TONINO GUERRA

Von dreien, die auszogen, sich den Bauch zu füllen

Roman aus dem Jahre 1000

Aus dem Italienischen
von Moshe Kahn

Verlag Klaus Wagenbach
Berlin

Inhalt

Von dreien, die auszogen, sich den Bauch zu füllen

Zwei Männer im Brunnen

In weiten Bögen flog die Krähe über das Schlachtfeld, danach kehrte sie zu ihrem Schwarme zurück, um ihre Gevatterinnen herbeizurufen, nachdem die Männer endlich ihr Kampfgetümmel beendet hatten. Viele von ihnen hatten sich zu Fuß oder zu Pferd aus dem Staube gemacht, und diejenigen, die dort auf der Erde herumlagen, bewegten sich nicht und waren still. Nicht einen gabs, der einen Finger rührte, und auch die, deren Münder oder Augen weit offenstanden, sagten kein Wort und sahen nichts. Jetzt herrschte ringsum große Stille, tiefe Ruhe, nur der Rauch bewegte sich, der von den in Brand gesetzten Haufen dürrer Reiser und von den brennenden Wagen aufstieg. Die Wagen verbrannten zugleich mit den Pferden. Der Rauch wand und schlang sich in die Lüfte und sammelte sich dann zu einer grauen, dichten Wolke, wie vor einem Regen. Alsdann kam eine Schwarzdrossel, und mit ihr fand sich auch eine Elster ein. Beide machten sich an diesen Menschen zu schaffen, die da so unbeweglich und still herumlagen. Allzeit gehörten sie, Schwarzdrossel und Elster, zu den ersten, die eintrafen, bevor die Krähen auftauchten und nach ihnen die Briganten, welche die Toten ihrer Kleider entledigten.

Die Schwarzdrossel hüpfte herum, pickte hier in ein Auge und dort in ein Auge, dieweil die Elster umherstreifte und nach goldfunkelnden Ringen Ausschau hielt, doch hatte sie außer Eisenwerk, Lanzen, Schwertern, Hellebarden und verbeulten, vollgestaubten Rüstungen nichts gefunden. Zu jenen Zeiten nämlich wurden Schlachten noch mit Lanzen und Schwertern und Hellebarden und Rüstungen geschlagen. Jene Zeiten wurden Mittelalter genannt, als das Land verlassen dalag und man nirgends nichts anderes tat, als überall und gegen jedermann Schlachten zu schlagen. Da wirbelte viel Staub auf, und wenn es regnete, ward aus dem Staube ein Schlamm, und dann versetzte es gar viel Schlamm. Und auch viel Asche gabs, verursacht durch Feuersbrünste, denn die Männer brannten Häuser nieder und manches

Mal wohl auch ganze Dörfer. Sie verbrannten auch Mannsvolk, insbesondere aber die Weiber, die waren Hexen. Schwer wars für eine Krähe, das Fleisch einer Hexe zu kosten, weil, war das Feuer erloschen, von der Hexe nichts mehr da war. Im übrigen scheint es wohl so, daß das Fleisch von Hexen sehr zäh ist. Viel besser daher das Fleisch von frisch gefallenen Soldaten. Und so kamen die Krähen denn auch eilig aufs Schlachtfeld geflogen, doch nun, da sie angekommen, können sie sich nicht niederlassen, denn Sonderbares geschieht: man vernimmt Stimmen, die man vorher unter all diesen im Staube hingestreckten Männern nicht vernommen hatte. Woher aber kommen diese Stimmen? Aus dem Brunnen. Und zugleich mit den Stimmen vernimmt man das Geräusch getretenen Wassers, danach ein Plumpsen und danach gleich wieder Stimmen, die miteinander streiten bis aufs Blut. Sieht man genauer hinunter, erkennt man zwei Schatten, die sich bewegen, und vier weiße Augen, die auf dem schmutzigen Wasser dahinschwimmen. Der eine dieser Schatten heißt Maiskolb und der andere Hungersnot. Aber weil beide in Italien leben und unsere Geschichte in Italien spielt, heißt Maiskolb Pannocchia und Hungersnot Carestia. Ihr Problem ist ganz einfach: nämlich, wie kommen sie aus dem Brunnen? Sie haben beschlossen: zuerst klettert Pannocchia auf die Schultern von Carestia. Alsdann klettert Carestia auf die Schultern von Pannocchia. Dann wiederum klettert Pannocchia auf die Schultern von Carestia und klammert sich schlußendlich am Kranze des Brunnens fest, welcher sehr tief ist, und das heißt sehr hoch, wenn man von zuunterst hinaufschaut wie die beiden. Jedoch muß der Plan einen Fehler beinhalten, denn jedes Mal, wenn sie mit dem Hinaufklettern beginnen, stürzen sie beim zweiten Schritt beide ins Wasser zurück. Dann beginnen sie wieder von vorne, streitend und fluchend wie zwei Deserteure.

»Laß doch mein Bein los.«

»Das geht nicht.«

»Zum wenigsten den Fuß.«

»Hör zu, der Fuß gehört mir.«

»Wie kann der Fuß dir gehören, wenn das Bein mir gehört?«

»Eins ist der Fuß, ein anderes das Bein.«

»Laß jetzt den Fuß los oder ich versetz dir einen Tritt.«

»Das kannst du nicht.«

»Wieso?«

»Weil ich mich am Fuß festhalte.«

»Ich hab noch einen anderen Fuß, mit dem ich dir einen Tritt versetzen kann. Hier, siehst du?«

»Hör zu, auch dieser Fuß gehört mir. Du kannst mir keinen Tritt mit meinem Fuß versetzen.«

»Dann bring ichs aber fertig, dir mit dem Knie eins zu verpassen.«

Die Astronomen alter Zeiten setzten sich auf den Grund eines Brunnens, um die Sterne zu beobachten. Pannocchia und Carestia jedoch, wiewohl auch sie schon ziemlich alt sind, sind nicht in den Brunnen gestiegen, um die Sterne zu beobachten. Sie haben sich dort hineingesenkt, um beim Krieg nicht mitmachen zu müssen, und jetzt, wo die Schlacht vorüber ist und sie wieder heraus wollen, merken sie, daß sie sich mit ihren eigenen Händen in die Falle getrieben haben.

Ein Plumpsen. Wieder sind sie zurück ins Wasser gefallen.

»Jetzt sind wir schon wieder hineingeplumpst.«

»Wer hatte eigentlich den Einfall, uns hier drinnen zu verstecken?«

»Das war der einzige Weg, unser Leben zu retten.«

»Was fangen wir mit dem Leben an, wenns uns nicht gelingt, es aus dem Brunnen zu befreien?«

»Immer noch besser als gar nichts.«

»Wir bräuchten eine Leiter, ein Seil, irgendwas, das uns hier rausbringt. Und muß man schon sterben, dann wärs besser in der Schlacht gewesen.«

»Für mich ist es ganz gleich, ich hab keine Vorlieben hinsichtlich der Todesart.«

»Da irrst du aber. Eines ists, in einem Bette zu sterben, auf einer Wollmatratze, ein anderes ists, durch Ersaufen zum Gevatter einzugehen. Oder gehäutet, aufgespießt, verbrannt, erstickt, abgestochen, mit aufgeschlitztem Bauche. Oder vor Hungers, vor Durstes, vor Fiebers, vor Lepra, die dich holen soll.«

Keiner lege Hand an das Roß

Ganz in der Nähe des Brunnens steht ein Baum, eine Steineiche, mit dichtem Blätterdach. Und natürlich gibt es auch Zweige und Äste und den Stamm mit dunkler Rinde. Hoch oben in der Baumkrone, inmitten des Blattwerks, gibt es etwas, das sich bewegt, aber es ist nicht irgendein Etwas. Vielleicht ein Vogel. Nein, auch das nicht. Vielleicht ists gar das Blattwerk selbst, das sich im Winde regt. Es geht kein Wind. Es ist etwas, das Geräusch von Eisenwerk macht, das heißt eine schwere Rüstung aus Eisen, die jetzt gerade zur Erde stürzt, und in der Rüstung steckt ein Mann mit seinem Kopfe, seinem Körper und allem anderen. Auch er hatte sich von der Schlacht ferngehalten, und jetzt erhebt er sich von der Erde, blickt um sich und reibt sich die Augen, um zu verstehen, ob all diese Toten nun wirklich tot sind und er denn wirklich lebendig ist. Er, das heißt Fliegenschwarm, Verzeihung: Millemosche. Immerhin ist ein Toter stumm wie ein Fisch, er aber versucht zu rufen, und es gelingt ihm aufs beste. So ist er also zum Glücke lebendig. Er ruft ein weiteres Mal, man kann ja nie wissen. Diesmal aber antwortet ihm jemand von tief unter der Erde, das heißt aus dem Brunnen.

»Statt hier rumzurufen, wirf uns lieber ein Seil herab!«

»Wer seid ihr?«

»Freunde.«

»Freunde von wem?«

»Freunde von dir.«

»Was macht ihr da drinnen?«

»Wir saufen ab. Wirf uns ein Seil herunter!«

»Und wo soll ichs herholen?«

»Wo ein Brunnen ist, ist auch ein Seil, daher nimm es anjetzt und wirfs herab.«
Millemosche blickt um sich, sieht aber das Seil nicht, denn er steht mit den Füßen darauf. So entfernt er sich einige Schritte, erblickt es, hebts auf und wirfts mit dem einen Ende hinab in den Brunnen, ohne zu merken, daß das andere Ende sich um seinen Fuß geschlungen hat. So kommt es, daß, als Pannocchia und Carestia es ergreifen, um sich daran hochzurangeln, die Rüstung mit Millemosche darinnen in den Brunnen hinabfällt, im Fallen ein Funkengestöber an der Brunnenwand zündet, dann folgt ein Plumps ins Wasser und ein verzweifelter Schrei. Und die Verwünschungen der beiden anderen.
»Statt das Seil herunterzuwerfen, ist er selbst heruntergekommen, daß ihn die Lepra hole!«
»Was suchst du hier unten? Kehre gleich wieder um, so ist es besser für dich.«
Millemosches Mund ist voller Wasser, und auch seine Nase und seine Ohren sind voller Wasser, Schlamm und Frösche. Er atmet das Wasser bis tief in die Lungen ein und stößt es dann zusammen mit dem Schlamm und den Fröschen unter großem Geniese wieder hervor. Pannocchia und Carestia stellen ihn wieder auf die Beine gegen das Mauerwerk, dann klettert Pannocchia auf seine Schultern. Als nächster klettert Carestia nun auf Pannocchias Schultern und gelangt bis zur Öffnung des Brunnenschachtes. Das reicht. Es gelingt ihm, sich hinauszurangeln, und danach zieht er auch Pannocchia und Millemosche mit seiner Rüstung nach oben.
Jetzt, da sie mit den Füßen auf sicherem Grunde stehen, blicken sie alle drei einander in ihre Gesichter. Auf der Stelle merkt Millemosche, daß Pannocchia und Carestia Feinde sind. Und auch Pannocchia und Carestia merken, daß Millemosche ein Feind ist, doch nun ist es zu spät, er hat bereits sein Schwert gezückt und zielt mit ihm geradeswegs auf den Bauch der beiden.
»Wenn ihr einverstanden seid, mach ich euch zu Gefangenen, wenn ihr aber nicht einverstanden seid, schlitz ich euch auf.«

»Wer hat eigentlich die Schlacht gewonnen?«
»Wie soll ich das wissen? Mit dieser Rüstung am Leib konnt ich nichts sehen.«
»Weißt du, daß es eine Verpflichtung gibt, nach der man Gefangene versorgen muß? Sehen wir mal, was du uns zu essen gibst.«
Damit jedoch ändert sich die Lage, denn Millemosche ist viel hungriger noch als sie. Zum Glücke liegt gleich dort, nur zwei Schritte entfernt, ein verwundetes und fast schon totes Pferd, mit geöffnetem Maul und den Augen voller Fliegen. Läßt man die Fliegen und die Augen außer Betracht, sagt Pannocchia, kann man vierzig Steaks daraus machen, und Carestia sagt, man könne auch hundert daraus bekommen, so man sie ein wenig dünner schneidet. Millemosche aber kniet sich neben das Tier und flüstert ihm in die Ohren.
»Komm, steh auf. Wenn dir das Aufstehen auch schwer fällt, läufst du hinterher doch gleich alswie vorher. Wirst schon sehn, bei mir gehts dir gut, ich bin ein Rittersmann und heiß Millemosche. Los, spiel hier kein großes Theater nicht, steh auf und zieh mit mir fort.«
»Siehst du denn nicht, daß es fast tot ist? Machen wirs doch zu Steaks.«
»Ein Rittersmann bin ich, und niemals werde ichs zulassen, daß ihr Fleisch von diesem Rosse esset.«
»Dann essen nur wir alleine davon, denn schließlich sind wir keine Rittersleut.«
»Keiner lege Hand an das Roß.«
»Laß mich zum wenigsten ein Ohr kosten.«
»Wenn du dem Roß ein Ohr abschneidest, schneide ich auch dir ein Ohr ab.«
»Dann wenigstens den Schwanz. Das merkt es gar nicht, der ist doch da hinten.«
»Mörder! Was sagtet ihr wohl, wenn ich euch den Schwanz abschnitte, ihr Bestien? Der Schwanz ist doch seine Schönheit.«
Pannocchia und Carestia stehen da, auf allen vieren, die Zunge hängt ihnen heraus. Dies Roß ist nicht einmal sympathisch, es gehört zu den Viechern, die von oben

herab auf den Mann schauen, der zu Fuß neben ihnen hergeht, und wenn sie können, stampfen sie über ihn hinweg. Geht es über die Straße, muß man zur Seite treten, damit es vorbeikann. Und es ist ein Glück, daß sie keine Hörner haben. Allein, dafür haben sie Hufe, um Tritte auszuteilen. Nein, sie taugen nur, um gegessen zu werden. Punkt und Schluß. Gegen ihr Fleisch ist nichts einzuwenden. Carestia macht einen Sprung und klammert sich an den Schwanz; er versucht, zum wenigsten ein Stück herauszureißen. Gerade hat er soviel Zeit, ihn zwei- oder dreimal umzudrehen, als Millemosche sich auf ihn stürzt, mit dem Schwert in der Hand und so laut brüllend, daß gar noch die Krähen entsetzt sind, die dort herumhüpfen und gemeinsam mit der Schwarzdrossel hier ein Auge auspicken und dort. Von so einem Charakter hält man sich tunlichst fern, und so fliehen sie eiligst ins Gehölz des nahen Wäldchens.
Pannocchia nimmt einen Pfad zur Rechten und Carestia einen zur Linken. Einfach nur, um Millemosche zu verwirren, der aber schlauer ist als beide zusammen und den Weg in der Mitten geht. Immer hatte er nämlich davon reden hören, daß die Schlauheit just in der Mitten liege. Im Wäldchen laufen die drei Pfade in jeweils eine eigene Richtung, das heißt sie machen große Bögen und nehmen oftmals den weiteren Weg, winden sich in weiten Kurven zwischen Büsche hindurch, als hätten sie Zeit zu vertrödeln. Und am Ende schauen sie, der eine da, der andere dort, von einer Hügelkuppe aus auf einen Birkenwald ohne auch nur eine einzige Birke, das heißt er ist dem Erdboden gleichgemacht und mit staubiger Erde bedeckt. Die drei Pfade führen hinab und mitten hinein in den Wald, und hier schließen sie Frieden, vereinigen sich und werden zu einer einzigen Straße, die durch das Tal führt. Und ein gleiches müssen auch unsere drei Lumpenbrüder tun, denn da sie sich von ihren Füßen leiten lassen und die Füße von den Pfaden, findet sich am Ende einer hinter dem anderen auf der einzigen Straße wieder und sie gehen weiter hintereinander auf dem Indianerpfad wie Indianer.

Millemosche geht vorn, die beiden anderen folgen ihm. Nach einer Weile dreht Millemosche sich zornig zu Pannocchia um, der Schritt für Schritt hinter ihm herkommt.
»Wieso kommst du mir Schritt für Schritt hinterher?«
»Ich komme nicht, ich gehe.«
»Und wohin gehst du?«
»Ich gehe meines Weges.«
»Wer sagt, daß das deiner ist?«
»Dann ist er eben ein bißchen für jeden. Halb und halb.«
Carestia geht ein Stückchen entfernt hinter ihnen her, mit gesenktem Kopfe und weit aufgesperrten Ohren. Er hat gehört, daß Millemosche und Pannocchia etwas je zur Hälfte unter sich aufteilen, und so läuft er vor, greift Millemosche am Ärmel, weil auch er seinen Anteil will.
»Wie, und mir nichts?«
»Was gehts denn dich an?«
»Mich gehts so an wie euch. Oder wollen wir jetzt streiten?«
»Ich bin ein Rittersmann und streite mich nicht mit zwei Lumpenbrüdern wie euch.«
»Nun, dann sage ich folgendes: tun wir einfach so, als wären wir Freunde und teilen alles zu gleichen Teilen.«
»Wirklich alles?«
»Alles.«
»Auch Fressalien als da sind Hühner, Gänse, Käse und andere Tiere?«
»Und wo steckt das ganze Zeug?«
»Kann sein, wir finden es auf unserem Wege.«
»Dann teilen wir es.«
»Und wenn wir ein Schwein finden, teilen wir auch das Schwein?«
»Auch einen Ochsen, wenn wir einen Ochsen finden.«
»Besser das Schwein, sein Fleisch schmeckt kräftiger.«
»Ein bißchen zu süß.«
»Da sieht mans, daß dus noch nie gegessen hast. Das Schwein hat gepökeltes Fleisch.«
»Und wenn wir eine Frau finden?«
»Dann tun wir so, als wären wir Freunde und teilen auch sie.«

»Und wie?«
»Zuerst einer, dann der nächste.«
»Zuerst wer?«
»Der, der sie findet.«
»Und wenn wir sie gemeinsam finden?«
»Dann haben wir sie auch gemeinsam, wie die Schwyzgerischen Soldaten es machen, von vorn und von hinten.«
Indessen teilen sie die Straße je zur Hälfte für alle drei. Pannocchia und Carestia sind jetzt rundum vergnügt. Millemosche dagegen hat große Mühe, sich mit all dem Eisenwerk am Leibe zu bewegen, und so beginnt er, das eine und andere Rüstungsstück abzunehmen und auf die Straße zu werfen: den Brustpanzer, den Helm, eine Schienbeinplatte, eine Beinschiene, noch eine Schienbeinplatte und noch eine Beinschiene. Und weil er alles weggeworfen hat, ist ihm nur noch das Kettenhemd verblieben. Er kommt an einem Strauch vorüber, und ein Faden bleibt an einem Dorne hangen. Das Hemd beginnt sich aufzulösen, dieweil Millemosche weitergeht. Als ers endlich merkt, ist das Hemd nicht mehr da, nur einen Faden gibts, der sich im Straßenstaub hinschlängelt und sich aufwickelt, bis er schließlich eine Kugel wird. Wenn das Kettenhemd zur Kugel wird, wird der Soldat, der es trug, zu irgend jemand, das heißt er ist kein Soldat mehr. Millemosche ist jetzt kein Soldat mehr, er ist genauso irgendwer wie nur irgendwer.

Die goldenen Pferdeäpfel

Wir wissen nicht, wer von den dreien die Pferdeäpfel zuerst gesehen hat. Schön und fest liegen sie im Staub der Straße, auf Plätzen und an Begrenzungsgräben, wo Pferde an Gräsern herumknabbern. Auf dieser Straße sind, das sieht man deutlich, auch Esel hergelaufen, dazu Schafe, Hunde, Ziegen, streunende Katzen und andere Tiere. In der Nähe der Schlachtfelder dagegen

findet man nur einen in alle Richtungen verspritzten Fleischbrei von Pferden und von versprengten, verängstigten Männern. Es ist aus vielerlei Gründen ratsam, sich von Schlachtfeldern fernzuhalten.
Millemosche sammelt die Scheiße als erster auf.
»Scheiße ist Goldes wert. Mit Scheiße kannst du alles bekommen: Getreide, Kartoffeln, Reis, Blumenkohl, Salat, Fenchel, Hafer, Mais, Zwiebeln, Knoblauch, Rübchen, Karotten, Kürbisse und Blumen aller Art in allen Farben.«
»Kürbisse, na schön, aber was soll man mit Blumen anfangen?«
»Sie ansehen.«
»Und dann?«
»Dann gar nichts. Es zufrieden sein, daß man sie ansieht und basta.«
»Gewisse Leute verstehe ich nicht. Bei dem Hunger, der hier herrscht, setzt sich einer hin und betrachtet Blumen.«
Sobald die Taschen voll Scheiße gestopft sind, ziehen sie ihre Hosen aus, verschnüren das Ende der Hosenröhren mit einem Stück Kordel und stopfen auch sie voll gleich wie Säcke. Dann stopfen sie ihre Hemden voll, auch die wollenen Wämschen und ihre Hüte. Sie sind es gewiß, daß sie eine Möglichkeit finden werden, das Zeug zu verkaufen.
Mit der ganzen Last auf den Schultern ziehen sie über die Straßen, splitterfasernackigt und umschwirrt von einer Wolke von Mücken und wilden Hornissen. Hin und wieder blicken sie auf die Erde, knien dann nieder und heben allen Mist auf, der ihnen vor die Augen kommt. Mit Händen und Füßen schieben sie Gras und Strauchwerk beiseite. Jedesmal finden sie etwas. Auf einer Lichtung entdecken sie Köttel von Schafen, die aussehen wie schwarze Oliven, und so beginnen sie, auch ihre Strümpfe noch vollzustopfen. Dort ist eine lange Spur dieser schwarzen Oliven, die sich in einen Wald verliert und zu einer dornigen Ebene führt. Es wird Nacht, bis sie alles eingesammelt haben, und als auch die Strümpfe voll sind, schichten sie hier kleine Häufchen auf und dort. Morgen

werden sie wieder herkommen und sie einsammeln. Jetzt aber hocken sie sich auf die Erde, um zu schlafen, doch statt zu schlafen, quatschen sie und machen Pläne. Dann decken sie ihre Füße mit den schwarzen Oliven zu, weil die Kälte von den Füßen her kommt und dann den Rücken hinaufzieht bis zum Kopfe.

Am nächsten Morgen gehen sie auf die Suche nach den Häuflein schwarzer Oliven, allein, der Geruch an ihrem Körper bringt ihre Gedanken durcheinander. Sie schnuppern die Luft wie Trüffelhunde, doch dann erhebt sich ein Wind, der die Gerüche vermischt, und so kommt es, daß sie weit entfernt auf eine grüne Wiese gelangen. Hier ist der Gestank kaum mehr zum Aushalten, denn Millemosche ist auf einen großen Fladen außen getrockneten, innen aber frischen Kotes getreten.

»Den hier hat eine Kuh hinterlassen.«

»Das ist unmöglich. Der von einer Kuh ist weniger als halb so groß.«

»Und von wem ist er dann?«

»Könnt wohl von einem Wildschwein sein.«

»Der vom Wildschwein ist wie gedrechselt.«

»Dann ist er von einer Büffelkuh.«

»Der von einer Büffelkuh geht ins Schwarze. Der hier zielt eher ins Blonde.«

»Und jetzt?«

»Ich habe sagen hören, in den Wäldern solls Tiere geben, die man weder im Himmel noch auf Erden je gesehen hat.«

»Was sind das für Tiere?«

»Ich hab sie noch nie nicht gesehen, doch wenn Scheiße da ist, werden auch sie nicht weit sein.«

Millemosche, Pannocchia und Carestia sammeln diese großen blonden Fladen auf und schichten sie übereinander, doch plötzlich hält Carestia voller Entsetzen inne. Er hat die Fußspur eines Tieres gesehen, groß und tief. Alle drei betrachten sie eingehend. Beinahe quadratisch ist sie und auf einer Seite erkennt man runde Löcher, die vielleicht von den Klauen her stammen. Sie folgen der

Spur, bis sie zu einer Felswand gelangen, allwo sich eine Höhle auftut. Dieses schreckenerregende Tier haust in ihrem Inneren. Auf der Stelle macht Pannocchia den Vorschlag zu fliehen, weit weg von hier. Wenns aber nun ein gutmütiges Tier wäre, von zartem, schmackhaftem Fleische? Millemosche sagt, je größer die Tiere, desto leichter lassen sie sich töten. Daraufhin schichten sie Holz und trockenes Gras vor die Höhle und machen ein Feuer.

»Auf diese Weise stürzt es, wenns herausläuft, in die Flammen, und wir bekommen es gleich knusprig geröstet.«

»Wie meinst du das?«

»Ich meine, wenns herausläuft, kanns gar nicht anders als hierher laufen, wo wir das Feuer entzündet haben.«

»Wenns nun aber ein Loch auch auf der anderen Seite gibt?«

»Höhlen haben nur vorne ein Loch.«

»Ich hab aber mal eine gesehen, die hatte vorne ein Loch und eines hinten.«

»Hinten hast du vielleicht eins.«

Da sitzen sie nun und warten geduldig. Und warten und warten. Dann wird vielleicht gar kein Tier in der Höhle hausen. Und doch haust es dort, denn plötzlich schießt es heraus, brüllend, ins Feuer stampfend, und springt zwischen den Wacholdersträuchern weg mit brennender Kruppe. Der eine hat ein Auge gesehen, der andere Gehörn, wieder ein anderer nur ein Riesengewöll von langem, brennendem Felle und noch ein anderer dicke glänzende Hoden wie Birnen aus Blei. Was für ein Tier mag das sein? Millemosche und die beiden anderen stürzen ihm nach, und während sie laufen, vernehmen sie ein Klagen und Brüllen, daß Erde und Steine erbeben. Da halten sie inne und beschließen, es sei besser, von einem solchen Tiere sich fernzuhalten, weil, wer Hunger hat, immer in der Gefahr schwebt, selber gefressen zu werden.

Woher kommt die Erde?

Woher kommen all die roten und blauen und grünen Steine in den Flüssen? Sie kommen von den Bergen. Es gibt eine Erklärung für alles, man muß sie nur finden. Und woher kommen die Farben? Das muß der liebe Gott sein, wenn er sich vergnügt und sagt, diesen Stein mache ich rot und diesen da grün und diesen da mit ein paar grünen und ein paar roten Streifen. Und diese da mache ich spitz, auf daß denen, die darauf gehen, die Füße weh tun. Und so kommt es, daß Millemosche, Pannocchia und Carestia wütend auf Ihn sind, denn ihre Füße tun weh, und das ist niemandes anderen Schuld als die von Ihm.

Barfuß gehen sie weiter auf den Steinen, winselnd wie Hunde, und ein ums andere Mal heben sie ihre Füße hoch und pusten darüber, um den brennenden Schmerz zu verscheuchen.

»Freilich, Füße sind ein Ungemach. Besser wärs, keine zu haben.«

»Richtig. Wenn einer keine Füß nicht hätt, hätt er auch kein Fußweh nicht.«

»Lieber würd ich keinen Bauch mehr haben, dann hätt ich auch keinen Hunger nicht.«

»Und das Kreuze? Wozu ist es nütze? Doch nur für Kreuzschmerzen. Besser wärs, wenn man auch das nicht hätt.«

»Dann aber auch den Magen nicht.«

»Und was ist mit den Knien?«

»Was mich störet, sind die Gedanken. Ich denk zuviel, und dann bekomm ich Kopfweh. Lieber wärs mir, ich hätt keinen Kopf nicht.«

»Schön wärs, wenn man gar nichts hätt.«

Doch in den Flüssen gibts nicht nur Steine, da gibt es zum Beispiel auch Sand, und an den Ufern, wo sich die Erde der Felder mit dem Wasser vermengt, gibts einen Schlamm, der in der Sonne rissig wird, und inmitten der Krusten sieht man die hart gewordenen Fußspuren großer Vögel, die hierher zum Trinken kamen, als es noch ein wenig Wasser gab. Mit nackten Füßen auf getrocknetem

Schlamme zu gehen ist etwas Wunderbares, wenn man bis dahin auf kantigen Steinen gegangen ist. Darnach zerfällt der trockene Schlamm zu Staub, und es ist etwas Wunderbares, auf Staub zu gehen, wenn man bis dahin auf trockenem Schlamme gegangen ist. Doch wenn der Staub zuviel wird, und die Füße bis zu den Knien einsinken, dann ist es nichts Wunderbares mehr, sondern ein Unheil.

Millemosche, Pannocchia und Carestia ziehen drei Furchen im Staub, und besser wärs vielleicht, wenn sie irgendwann umkehren würden, doch sie wissen nicht mehr, in welche Richtung sie gehen sollen, denn ein Wind ist aufgekommen, und der Staub dringt in die Augen, den Mund, die Ohren und in manch andere Stellen noch.

»Woher kommt wohl all dieser Staub?«

»Wieso? Muß er denn von irgendwoher kommen? Wenn du auf der Erde gehst, fragst du dich dann auch, woher wohl die Erde kommt?«

»Ich schon.«

»Und woher kommt sie?«

»Das verrate ich dir nie.«

Glücklicherweise verschwindet der Staub ganz plötzlich, vielleicht weil der Wind ihn davongetragen hat. Millemosche, Pannocchia und Carestia finden sich schließlich inmitten eines Stückes Land wieder, mit soviel Gras vor sich, über das niemals jemand hinweggegangen ist, weder Mensch noch Tier. Und man weiß nicht, ob man nach rechts oder nach links sich wenden soll, weil jeder Weg gleich gut zu sein scheint, in Wahrheit aber sind genau dies die Stellen, bei denen man wissen muß, wohin man den Schritt lenkt. In solchen Fällen geht man einfach auf gut Glück geradeaus, just so, wie Millemosche, Pannocchia und Carestia es machen.

»Wohin gehen wir eigentlich?«

»Weiß nicht.«

»Ach ja, da machen wir uns all die Hundsarbeit und wissen nicht mal, wohin wir gehen.«

»Ich sage, daß wir, da wir gehen, irgendwohin gehen.«

»Wohin dann?«
»Ich kenn mich hier nicht aus. Wie soll ichs da wissen? Deshalb sag ich noch einmal, daß, da wir gehen, bedeutet, daß wir irgendwohin gehen.«
»Sag mir zum wenigsten, ob dieses Irgendwohin noch sehr weit ist. Ich kann nämlich nicht mehr laufen.«
»Wie soll ich wissen, wie weit es noch ist, wenn ich noch nie da war?«
»Die Frage lautet anders: gibt es da, wo wir hingehen, etwas zu essen?«
»Das werden wir wissen, wenn wir angekommen sind.«
Just in diesem Augenblicke spürt man, daß die Erde bebt, und in der Luft ist ein Donnern, das auch die Luft zum Erbeben bringt. Da fangen die dreie an zu laufen, um dem Erdbeben zu entgehen, sofern es ein Erdbeben ist, oder dem Gewittersturm, sofern es ein Gewittersturm ist. Bis sie schließlich zu einer Landstraße gelangen, die man inmitten des Grases sieht und auch wieder nicht sieht. Da sind Hufspuren von Ochsen und die Fahrrinne von Wagenrädern. Millemosche, Pannocchia und Carestia halten erschöpft inne, und weil die Erde immer noch bebt, klammern sie sich aneinander, um beisammen zu sein, sofern man in die Erde hinabfahren sollte. Und als sie da so dicht aneinandergeklammert stehen, merken sie, daß all dieses Beben und all diese Laute aus ihren Bäuchen kommen. Da rücken sie voneinander ab und sehen sich entsetzt an, dann blicken sie zum heiteren, stillen Himmel hinauf.
Millemosche und Carestia machen sich wieder auf den Weg, dieweil Pannocchia sich niedersetzt, weil er einen Splitter aus dem Fuß ziehen muß. Er sucht ihn mit Aug und mit Hand, dann macht er den anderen ein Zeichen, sie sollen ihm helfen. Er heißt sie niedersitzen, und sie setzen sich nieder, doch jetzt, da sie sitzen, gehts ihnen besser als wenn sie auf ihren Füßen stehen, und keiner hat mehr Lust sich zu erheben.
»Warum bleiben wir nicht hier?«
»Und was machen wir dann?«
»Wir warten.«

»Auf wen?«
»Weiß nicht. Wenn er kommt, werden wirs wissen.«
»Warum gehen wir ihm nicht entgegen?«
»Wem?«
»Hast du nicht gesagt, daß jemand kommt?«
»Schon, aber ich weiß nicht wer. Deshalb ist es besser, daß wir hier auf ihn warten. Wie sollen wir ihn sonst erkennen?«
»Das können wir ihn doch fragen.«
»Die Frage lautet anders: gibt uns der, der da kommen wird, etwas zu essen? Oder ist er ein Hungerleider wie wir?«
»Wie soll ich dir das sagen, wo ich ihn doch nicht kenne.«

Die Pest hinter der Biegung

Wenige Schritte von der Stelle entfernt, wo Millemosche, Pannocchia und Carestia sitzen, sieht man eine Biegung, die hinter einem Röhricht verschwindet. Doch das Röhricht hat keine Bedeutung, wichtig ist die Biegung. Auch wenn sie hinter einem Fels oder einem Hügel verschwände, leicht könnte jemand oder etwas von der Biegung herkommen, ein Mensch etwa oder ein Tier oder wer weiß was sonst noch. Wäre die Biegung in Afrika, könnte ein Tiger daherkommen, doch glücklicherweise sind wir nicht in Afrika. Es wäre ein Unglück, käme ein Tiger daher. Mit ein wenig Glück könnte statt dessen ein Wagen voll mit herrlichen Dingen zum Essen daherkommen, doch von denen ziehen während des gesamten Mittelalters höchstens fünf oder sechse vorbei, und daher ist es besser, einfach nicht weiter daran zu denken. Meistens kommt von einer Biegung nichts und niemand daher. Dann, gerade wenns keiner erwartet, kommt die Pest daher. Einmal ist auch der Papst dahergekommen. So geschieht es, daß Millemosche, Pannocchia und Carestia, dieweil sie sich die Füße jucken und sie mit Spucke massieren, hin und wieder einen Blick hinüber zur Biegung werfen. Man kann ja nie wissen. Und dann endlich kommen, durch vieles Gucken, drei Mönche des Weges. Sie sind zerlumpt und zerflickt, sie gehen vornübergebeugt, als würden sie etwas schieben, doch statt dessen schieben sie nur Luft vor sich her. Millemosche und die beiden anderen stehen auf und warten darauf, daß die Mönche bis zu ihnen kommen.

»Was für ein Glücke, daß ihr angekommen seid, Brüder Mönche.«

»Wieso?«

»Wir sind nackt und bloß und ausgehungert.«

»Fasten ist die rechte Buße für das Sünderherz.«

»Und wer sollen diese Sünderherzen sein?«

»Alle Menschen dieser Welt.«

»Allein, ein bekleidetes Sünderherz ist immer ein wenig besser dran als ein nacktes, bloßes, ausgehungertes Sünderherz. Warum gebt ihr uns nicht eure Gewänder?«

»Unsere Gewänder sind geweiht. Weltliche Menschen dürfen sie nicht tragen.«

»Also, erstens hat uns noch niemals keiner nicht gesagt, wir wären weltliche Menschen. Und zweitens hängt alles davon ab, ob sie uns passen. Laßt sie uns anproben.«

»Unsere Regel erlaubt das nicht. Wir sind Mönche und müssen die Regel einhalten.«

»Doch zum Glücke sind wir keine Mönche nicht und müssen gar nichts einhalten.«

Die Mönche versuchen, ihres Weges zu gehen, doch Millemosche, Pannocchia und Carestia stellen sich ihnen entgegen. Da wollen wir doch sehen, wie die Dinge sich richten. Carestia beginnt, in einem Beutel der Mönche zu wühlen, der aussieht, als wäre er voll eßbarer Dinge, doch statt dessen ist er voll kleiner Bartbüschel. Er leert den Beutel auf dem Grase aus, um zu sehen, ob nicht wenigstens unter dem Barte etwas zu essen ist. Da ergrimmen die Mönche und sammeln den Bart wieder ein, denn es handelt sich um eine Reliquie des Bruders Guidone. Und dieweil die Mönche den Bart im Grase und von der Erde auflesen, will Millemosche zum wenigsten ihre Schuhe, da es mit den Gewändern nichts wird. Der Obermönch sagt nein, doch dann sagt er ja, und am Ende scheinen auch die anderen beiden Mönche bereit, ihre Schuhe den drei Lumpenhunden zu geben, sofern sie sie nur in Frieden weiterziehen lassen. In Ordnung. Doch als sie ihre Kutten hochziehen, siehe da, da sind die drei Mönche barfuß. Millemosche, Pannocchia und Carestia stehen da und schauen auf die nackten Füße der Mönche, betasten sie, und ihnen wird klar, daß sie diesmal zum Narren gehalten wurden. Narretei hin, Narretei her, als die drei Mönche sich auf ihren Weg machen wollen, stürzen sich unsere Freunde auf sie, ziehen ihnen die Kutten und alles andere über die Ohren und auch den einen und anderen Fetzen Haut.

Us um ibus orum

Auf einer steinigen Straße zieht eine Menschenschlange staubbeladen dahin. Sie schleifen ihre Füße über dem Erdboden nach. Sie kommen von weiß der Himmel woher. Vorne hinken Verkrüppelte, die sich an einem Stecken festhalten. Andere schleppen sich auf allen vieren dahin und kratzen den Erdboden mit ihren Fingernägeln auf. Und hinter den Verkrüppelten einige rot gewandete Kardinäle, mit Gesichtern und Händen aus Wachs, und hinter den Kardinälen eine Gruppe Soldaten, und hinter den Soldaten eine Sänfte aus geflochtenem Schilf, mit weißen Vorhängen und dem kleinen, zusammengekauerten Schatten des Papstes im Inneren. Und hinter der Sänfte Menschen, die auf Knien, und andere, die auf Füßen gehen. Zerlumpte Menschen und auch der eine oder andere vereinzelte Fürst mit einer Kerze in der Hand.
Wohin reist der Papst? Wen will er treffen? Niemand weiß es, denn er sagt niemandem kein Sterbenswörtchen. Hin und wieder bleiben die Verkrüppelten stehen,

und auch die Sänfte bleibt stehen, um den Trägern eine kleine Verschnaufpause zu gönnen. Indessen tropft unter der Sänfte etwas hervor, das eine Pfütze inmitten des Straßenstaubs bildet, wie wenn ein Pferd vorbeigezogen wäre. Doch an seiner Statt ist der Papst vorbeigezogen.

Dieweil der Zug stillsteht und die drei Mönche auf ihren Knien liegen, nähert sich ihnen ein rotgewandeter Kardinal, um einem weiteren Wunsch des Heiligen Vaters, des Papstes, zu entsprechen. Die drei Mönche, das heißt Millemosche, Pannocchia und Carestia vernehmen voller Entsetzen des Kardinals Stimme.

»Seine Heiligkeit bittet darum, daß einer von euch ihm die Beichte abnehmen möge.«

»Was für eine Heiligkeit?«

»Seine Heiligkeit, der Papst. Diese große Ehre will er dem Demütigsten unter euch dreien erweisen.«

Die Angst ist so groß, daß sich im Straßenstaub drei kleine Pfützen bilden, eine unter Millemosche, eine unter Pannocchia und eine unter Carestia, gleich so, als hätten drei Pferde hier gehalten.

»Der Demütigste bist du.«

»Ncin, nein, ich bin nicht demütig.«

»Und ich auch nicht.«

»Was denn? Ihr seid ausgehungert und gehet zu Fuß, noch demütiger kann keiner nicht sein.«

»Auch du bist ausgehungert und gehest, gleich uns, zu Fuße.«

»Doch ich hatte ein Pferd, bevor ich Mönch wurd. Und dann bin ich auch hochmütig. Ich bin nicht würdig, dem Papste die Beichte abzunehmen.«

Die gestrenge Stimme des Kardinals unterbricht sie und fordert sie auf, eine Entscheidung zu treffen. Da dreht Millemosche sich zu den beiden anderen um und zählt aus. An, dan, des, ich werds nicht, doch du wirst es, an, dan, des. Seine Hand hält bei Pannocchia, der aufspringt und wer weiß wohin flieht. Auch Carestia will entwischen, doch Millemosche zwingt ihn wieder auf die Knie und zählt erneut aus. An, dan, des, ich werds nicht, doch du wirst es, an, dan, des. Es trifft Carestia, jedoch befreit er sich mit einem Satze von Millemosche und flieht wer weiß wohin. Einen kurzen Augenblick lang sieht Millemosche den Kardinal an, der dieser Szene mit offenem Munde beiwohnt, dann steht er auf und geht langsam auf die Sänfte zu.

Mit zitternden Händen schiebt Millemosche den Vorhang beiseite und steckt seinen Kopf zwischen das Stoffgehänge, um die Beichte des Papstes zu hören. Doch aus Angst und Scham öffnet er nicht seine Augen und verharrt in dieser Haltung in einer Luft, die nach Weihrauch und anderem riecht. Indessen hört er die feuchte Stimme des Papstes, der viele Worte sagt, die alle auf us, um, ibus und orum enden. Er aber versteht nichts und bleibt mit seinem Kopfe dort drinnen, um sich von dem Summen und Raunen einnebeln zu lassen, das kein Ende kennt. Alsdann spürt er eine kalte Hand auf seinem Kopfe und er hört weitere geheimnisvolle Worte in seinen Ohren und er fühlt feuchte Küsse auf seiner Hand und schließlich einen Stoß an der Stirn, mit dem er vom Fenster der Sänfte verjagt wird.

Der Zug der Verkrüppelten mit allen anderen dahinter bewegt sich unter Litaneiengesang wieder weiter, in die Richtung des Windes. Millemosche hält die Augen geschlossen, auch nachher noch, als keiner mehr da ist, bis Pannocchia und Carestia sich ihm wieder nähern. Da öffnet er die Augen und versucht zu sprechen, doch aus seinem Munde fließen nur Worte mit Endungen auf us, um, ibus und orum.

Bruder Guidone etcetera etceterone

Beim Gang über die Felder stolpern Millemosche, Pannocchia und Carestia dauernd über ihre Kutten, stellen sich gegenseitig ein Beinchen, stürzen zu Boden, stehen wieder auf und gehen weiter, ohne zu murren, denn sie wissen sehr wohl, daß ihre Beine sich längst nur durch ein Wunder auf den Füßen halten. Der Hunger macht diese Scherze und Schlimmeres noch, wie beispielsweise Wolken, welche die Gestalt von Steaks annehmen. Blicken die drei dagegen zur Erde, kommen ihnen die Steine wie herrliche Mettwürste vor. Jäh laufen sie alle drei einem tieffliegenden Vogel hinterher, und als sie ihn erwischt und gerupft haben, bereit zum Verspeisen, da merken sie, daß es ein Schmetterling gewesen, und in ihren Händen nur ein Häuflein Staub zurückgeblieben ist. Dann ist es freilich besser, nichts zu essen als einen Schmetterling. Oh, eine Qual ist es, den Hunger zu reizen. Du issest einen Schmetterling oder einen Heuschreck, im Glauben, dein Hunger würde damit besänftigt, doch dann merkst du, daß dein Magen zu brüllen und sich auf der Erde zu wälzen beginnt, weil er nach drei Steaks, einem Huhn, zwei Eiern und einer gekochten Birne verlangt. Und weil Millemosche diese Dinge auswendig hersagen kann, versetzt er, sobald er vier, fünf Eicheln auf der Erde erblickt, diesen einen Tritt, um damit die Versuchung zu verscheuchen, sie aufzusammeln.

»Eicheln sind Fraß für die Schweine.«

»Was für Schweine?«

»Das weiß ich nicht.«

»Wo sind sie hin? Wenn du uns sagst, in welche Richtung sie gelaufen sind, laufen wir ihnen nach.«

»Worüber reden wir eigentlich?«

»Über Schweine.«

»Was für Schweine?«

»Die, die weggelaufen sind.«

»Und wohin sind sie gelaufen?«

»Das weiß ich nicht, du bist es, der uns das sagen soll.«

Doch Millemosche sagt nichts, weil auch er nicht weiß, in welche Richtung die Schweine davongelaufen sind. Wüßte er es, würde er es sagen, jetzt aber ist in seinem Kopf ein großes Durcheinander, und weil das so ist, hält er den Schnabel und geht weiter, denn er weiß, daß, wenn man weitergeht, man allzeit irgendwo ankommt. Und tatsächlich kommt er an die Pforte eines Klosters. Allein, Carestia glaubt es nicht, bis die Pforte sich öffnet und das Gesicht des Bruders Guardian erscheint. Gelobt sei Gott.

»Wer sei gelobt?«

»Gott.«

»In Ordnung, er sei gelobt, darüber sind wir uns alle einig. Und was weiter?«

Bruder Guardian wird einen Augenblick lang von Zweifeln befallen, nicht über Gott, sondern über diese drei zerlumpten Mönchsbrüder, denen die Augen aus dem Kopf hängen und deren Kopf sich jenseits der Gnade Gottes befindet. Doch immerhin sind es Mönche, so denkt er, und heißt sie eintreten. In Wirklichkeit aber sind es Millemosche, Pannocchia und Carestia, und sie stellen sich in eine Ecke des Klosterhofes.

»Und was machen wir jetzt?«

»Warten, bis das Glöcklein läutet.«

»Und dann?«

»Dann wird gegessen.«

Ein Sack voller Bart

Das Kloster war so abgelegen mitten in den Bergen, daß niemand von seiner Existenz wußte. Will man es sehen, muß man an seine Pforte gelangen, just so, wie Millemosche, Pannocchia und Carestia zufällig dort hingelanget sind. Es war von Mönchen gegründet worden, die sich im Wald verirrt hatten, und dann hatten es ihre Söhne weiterbetrieben; denn immer wenn eine Frau sich in diese Gegend verlor, kehrte sie schwanger nach Hause zurück. Kam das Kind zur Welt und war es ein Junge, brachte sie es dorthin, und die Mönche legten ihm eine Kinderkutte an. Dergestalt blühte das Kloster über Generationen und Generationen. Beklagten sich die Frauen, weil sie schwanger geworden waren, sagten die Mönche, der Teufelsschwanz sei schuld, weil er in die merkwürdigsten Stellen eindringe. Dann war die Pest gekommen und hatte alle Teufelsschwänze und auch die Mönche mitgenommen. So blieb das Kloster hundert Jahre und länger verschlossen und verlassen. Zufällig entdeckten es herumwandernde Mönche, die aus dem Orient kamen und von Bruder Guidone angeführt wurden, welcher der bedeutendste Mönch des Mittelalters war.

Nach seinem Tod machte sich hin und wieder ein Mönch zu einer Reise nach Rom auf, um mit dem Papste zu reden und ihn zu bitten, Bruder Guidone heiligzusprechen, allein, keiner dieser Mönche war jemals wieder zurückgekehrt. Die Mönche waren es sich gewiß, daß Bruder Guidone eines schönen Tages zu den Altären, mitten unter all die anderen Heiligen, aufsteigen und auch seinen Tag im Kalender bekommen würde.

Beispielsweise hielt Bruder Guidone seine Predigten singend.

Wenn Bruder Guidone sang, kamen die Menschen von überall her. Die Leute vom Lande trugen Zweige in Händen, und viele Kinder hatten Kerzen dabei. Bruder Guidone stieg auf einen hölzernen Turm und sang. In seiner Nähe befand sich ein weißes Banner, das zeigte an, aus welcher Richtung der Wind wehte, und so stellten sich die Menschen leewärts auf, weil der Gesang sich sonst zur anderen Seite in die Täler verloren hätte, wo niemand war. Der Höhepunkt war, wenn Bruder Guidone sein Haupt mit einer Kapuze verhüllte und sein Gesang ausschließlich an Gott gerichtet war. In der Stille flatterte das weiße Banner hinauf in die Lüfte, als wäre ein besonderer Wind da, der von unten her blies und alles mit Bruder Guidones Gesang zum Himmel hinauftrüge. Und tatsächlich wehten die Blätter der Bäume weg, die

Kerzenflammen verlängerten sich, Hüte flogen davon, die Haare der Leute standen zu Berge, und es erhob sich sämtlicher Staub, den es gab. Gerade wenn Bruder Guidone sein Haupt unter der Kapuze hatte, geschahen Zeichen und Wunder. So hatte ein Bauer Rheumatismus im rechten Arm und konnte nicht mehr arbeiten, nun fuhr der Rheumatismus in seinen linken Arm. Eine Frau hatte ein kürzeres Bein als das andere, nun wurden sie beide kürzer und sie konnte fortan wunderbar gehen. Ein Kind stotterte und brachte alle Leute zum Lachen, nun wurde es stumm und brachte keinen mehr zum Lachen.
Wenn Bruder Guidone die Kapuze überzog und die Predigt mit einem Schlußgesang beendete, stürzten sich die Leute auf ihn und zupften ihm Barthaare heraus, die sie als Reliquien mit nach Hause trugen. Um zu verhindern, daß sie ihm den Bart abrissen, hatte er eines Tages eine Schere mitgebracht und sich den langen Bart abgeschnitten, um jedem, der ihn darum bat, ein kleines Büschel zu geben. Allein, es erhob sich ein tosender Wind und trug das ganze Barthaar fort, und der Mönch ergrimmte sehr und stampfte mit den Füßen auf und beschloß, fortan nie mehr zu singen. Er verriegelte sich in seiner Klosterzelle und fing jeden Morgen an, sich den Bart abzuschneiden und ihn in einen Sack zu stopfen.
Als der Sack voll war, band er ihn mit einer Schnur zu und wartete auf seinen Tod. Und tatsächlich verschied er gleich darauf, und die Mönche des Klosters lebten viele Jahre lang, indem sie die Barthaare von Bruder Guidone gegen Eßwaren eintauschten, vor allem gegen Schweine und Weizenmehl.
Selbstverständlich nahm im Lauf der Zeit der wunderbare Bart von Bruder Guidone an Wert zu, und auf dem Markte kaufte man Vieh mit seinen Bartbüscheln, statt mit goldenen und silbernen Münzen. Doch es gab auch solche, die ihr Bartbüschel zu Hause aufbewahrten oder unter ihren Kleidern und es um keinen Preis hergeben wollten, weil Wunder keinen Preis haben. Doch unter allen Wundern Bruder Guidones ist das wunderbarste der immer mit Barthaar volle Sack. Soviel Bart die Mönche

auch verkauften, der Sack war immer voll. Und noch etwas anderes grenzt an ein Wunder, und das ist, daß der Bart der Mönche in diesem Kloster nie wächst. Vielleicht aus Achtung vor dem Barte von Bruder Guidone oder vielleicht aus einem anderen Grunde etcetera etceterone.
Millemosche, Pannocchia und Carestia stehen da und hören sich die Geschichten um Bruder Guidone an, als ein Glöcklein erklingt. Da springen sie auf und gehen, wohin auch alle anderen Mönche gehen, das heißt unter eine Loggia, durch eine Tür, einen Flur entlang, eine Treppe hinunter, wieder durch einen Flur. Irgendwann aber kommt in Carestia Besorgnis auf und er stellt Millemosche Fragen.
»Wohin gehen wir?«
»Ins Refektorium.«
»Was ist das?«
»Der Ort, wo die Mönche essen.«
»Wenn sie einen Ort haben, der eigens fürs Essen gemacht ist, ist das ein Zeichen, daß sie oft essen.«
»Die Mönche essen jeden Tag.«
»Schlimm, daß ich kein Latein nicht kann, sonst würd ich auf der Stelle Mönch werden.«
»Das Leben eines Mönches ist das Schönste, was es gibt, allerdings muß man die Berufung dazu haben.«
»Was ist das?«
»Etwas Merkwürdiges, das jedem widerfahren kann.«
»Auch uns?«
»Jedem.«
»Und wie weiß einer, daß er die Berufung hat?«
»Das weiß ich nicht, ich glaube aber, daß einer, wenn er sie hat, das merkt, wie beim Hunger.«
»Beim Hunger ists leicht, denn der packt dich im Magen und im Bauche.«
»Die Berufung packt dich im Kopfe. Ich glaube, daß sich der Kopf dir zu drehen beginnt und du sagst: Ich werde Mönch, ich werde Mönch.«
»Da, der Kopf dreht sich mir schon.«
»Das ist der Hunger.«

»Wie willst du das wissen? Meiner Ansicht nach ist es die Berufung.«
»Hast du den Wunsch, Mönch zu werden?«
»Ja.«
»Jetzt essen wir, und wenn sich nach dem Essen dir der Kopf immer noch drehet, ist das ein Zeichen dafür, daß du berufen bist. Dann wirst du Mönch.«
»Und ihr?«
»Auch wir werden Mönche. Eine Berufung reicht aus für alle dreie.«
Der Prior setzt sich ans obere Tischende, und alle anderen setzen sich um ihn herum. Dann erscheint der Koch des Klosters und setzt eine Schüssel vor jeden und alle. Millemosche, Pannocchia und Carestia schauen sofort nach, ob es in den Schüsseln etwas zu essen gibt. Allein, sie sind leer. Der Bruder Prior beginnt mit lauter Stimme, einen Abschnitt aus dem Evangelium auf lateinisch zu lesen, et cum fecisset, dabei die Worte vermengend quasi flagellum de funicolis wie bei einer Minestra oder einer Minestrone omnes eixit de templo, dieweil die Mönchsbrüder zu käuen beginnen und ihre Zähne kreischend aufeinanderreiben oves quoque et boves. Millemosche und die beiden anderen beginnen, nervös zu werden. Carestia blickt zu Pannocchia hinüber, Pannocchia zu Millemosche, Millemosche zu Carestia und alle drei blicken sie auf die leeren Schüsseln, dieweil ihnen diese lateinischen Wörter in den Ohren summen, die wie eine große Minestra oder Minestrone wirken. Dann schweigt die Stimme des Priors, und alle beten schweigend. Da endlich faßt Millemosche sich einen Mut und wendet sich an den Mönchsbruder neben ihm.
»Bruder Mönch, entschuldiget vielmals, meine Schüssel ist leer, welche Erklärung gibt es dafür? Gibt es denn nichts, das man sich zwischen die Zähne und in den Magen schieben könnte?«
»Wir machen ein einwöchiges Fasten, damit Sankt Guidone uns immer einen vollen Sack vorfinden lasse.«
»Doch der Bart wächst umso mehr, je häufiger man isset.«

»Damit wächst höchstens unserer mehr, nicht aber seiner.«
»Aber wie kann seiner wachsen, da er tot ist?«
»Durch Gebete und Fasten.«
Pannocchia und Carestia verstopfen sich die Ohren, um nichts mehr von Fasten zu hören. Auch Millemosche würde sie sich gerne verstopfen, doch dazu kommt er nicht mehr, alles beginnt sich zu drehen, einschließlich Mönche, Pannocchia, Carestia und Prior, und er vernimmt ein großes Rauschen in der Luft und auch Pfeifen, gerade so, als wäre er in die Öffnung eines Vulkans gestürzt.

Das Wunder mit dem Schwein

Millemosche, Pannocchia und Carestia wachen auf, als sie noch schlafen. Gar große Mühe bereitet es ihnen, die Augen, den Mund, die Nase und was sonst noch zu öffnen. Endlich stellen sie sich aufrecht hin und sehen, daß sie sich noch immer im Refektorium befinden. Sie schnuppern die Luft, sie schauen um sich, weil sies nicht glauben wollen, und doch ists der Geruch von Schweinsmettwürstchen.
»Das riecht alt.«
»Nicht gar so alt. Höchstens nach vier, fünf Tagen.«
»Zu dieser Stund werden sies wohl schon ganz verschlungen haben.«
»Wovon redest du?«
»Vom Schwein.«
»Wir müßten herausbekommen, wo sies herhaben. Vielleicht gibts da noch ein zweites.«
»Bruder Guidone tut die Wunder. Warum erbitten nicht auch wir eines von ihm?«
»Dann lieber gleich vom lieben Gott. Immerhin hängt auch Bruder Guidone vom lieben Gott ab.«
»Ich weiß nicht, ob man mit dem lieben Gott über Schweine reden kann.«

»Ja, was glaubst du denn? Der liebe Gott ist doch einer wie wir. Wir können ihn bitten, um was wir wollen. Wenn wir zu dritt sind und ihm sagen: Laß uns ein Schwein finden, laß uns ein Schwein finden, dann sag ich euch, daß er gar nicht anders kann, als uns zu erhören.«
Sie gelangen in den Garten, wo die Mönche betend einhergehen, und während sie so einhergehen, bilden sie einen Kreis, als wär es ein Festakt, eine Buße oder ein Reigen.
Millemosche und Carestia gehen betend voraus, dieweil Pannocchia ein paar Schritte hinter ihnen zurückbleibt, denn er hat etwas gehört, das einem Grunzen gleicht. Fast traut er seinen Ohren nicht, und als er sich umdreht, traut er auch seinen Augen nicht, als er mitten im Laub etwas sieht, das einem Schweinskopf gleicht. Er läßt die beiden anderen weitergehen, dann schleicht er samtweich durchs Gras, den Blick fest auf das Tier gerichtet, ohne jedoch zu bemerken, daß er die Hände nicht richtig gefaltet hat und kopfüber in eine Grube stürzt, mit dem Kopf auf den tuffsteinernen Grund schlägt und nun mit offenem Munde und geschlossenen Augen daliegt als würde er schlafen. Allein, er schläft nicht, es ist vielmehr, als wäre er tot. Zwar ist er nicht wirklich tot, doch fehlt nicht sehr viel dazu. So kommt es, daß, als Millemosche und Carestia sich umdrehen, Pannocchia nicht mehr da ist. Sie stehen dem Schwein von Angesicht zu Angesicht gegenüber und fallen sogleich auf die Knie.
»Was siehst du?«
»Ich seh ein Tier und glaub es nicht.«
»Was für ein Tier?«
»Ein Schwein.«
»Dann ist es ein Wunder.«
»Wenn hier keine Wunder nicht geschehen, wo sollen sie sonst geschehen?«
»Und wo ist Pannocchia?«
»Was heißt das: Wo ist er? Er ist nicht mehr da, jetzt ist das Schwein da.«
»Das Schwein ist eine Sach und Pannocchia eine andere.«

»Dann hast du überhaupt nichts verstanden. Zuweilen geschiehet das Wunder, daß ein Mensch in eine Katze oder einen Hund oder in ein anderes Tier verwandelt wird. Diesmal in ein Schwein, gottlob.«
»Verwandlung hin, Verwandlung her, besser ein Schwein.«
»Das Schwein ist der König der Tiere.«
»Ehrlich gesagt, der König der Tiere ist der Ochs.«
»Ja, schon, aber gleich danach kommt das Schwein.«
»Nein, gleich danach kommt das Huhn.«
»Nein, nein, das Schwein, das ist doch gar kein Vergleich.«
Die beiden folgen dem Schwein, das zwischen den Sträuchern des Gartens dahingeht. Millemosche schließt hin und wieder die Augen, dann öffnet er sie wieder, um sicher zu sein, daß er sich nicht täuscht. Carestia dagegen hält sie weit offen, weil man nie wissen kann, ob das Schwein nicht von einem Augenblick auf den anderen verschwindet, wie es schon andere Male vorgekommen ist: da hat man die Augen einen Augenblick geschlossen, und als man sie wieder aufmacht, ist das Schwein nicht mehr da. Dann ist es schon besser, es gleich abzustechen, ohne weiter Zeit zu verlieren.
»Aber ist es auch sicher, daß, wenn wir das Schwein abstechen, wir nicht unseren Freund Pannocchia abstechen?«
»Was redest du denn da? Wir stechen ein Schwein ab und basta. Das Los des Schweines ist, verspeist zu werden, das steht außer Frage.«
»Und die Seele?«
»Ein Schwein hat keine Seele nicht.«
»Ich meine die von Pannocchia.«
»Meiner Meinung nach hat auch er keine nicht.«
»Hat er doch, hat er doch.«
»Die Seele essen wir nicht, wir lassen sie fahren, wohin sie will.«

Das Gegenwunder

Millemosche und Carestia treiben das Schwein zu einer kleinen Steintreppe, die zu den Zellen führt. Dann packt einer es bei den Ohren, der andere packt es am Schwanze, und so ziehen sie es Stufe um Stufe hinauf und lassen es hinter der erstbesten Türe verschwinden. Und dort setzen sie ihre Diskussion um das Schwein fort, das sich in eine Ecke gelegt hat und sie aus geröteten Äugelein ansiehet. Carestia läuft irgendwohin, um ein Messer zu holen oder sonst irgendwas, solange es nur eine Klinge hat und möglichst auch einen Griff, dieweil Millemosche sich auf den Boden neben das Schwein setzt und ihm ins Gesicht blickt wie einem Menschen. Die Äugelein des Schweines kommen ihm vor wie die von Pannocchia, und auch die Ohren und auch das Gesicht sind nahezu gleich. Weniger die Nase, mit ihren beiden runden Löchern dicht beieinander. Da grunzt das Schwein, und Millemosche meint, er habe Pannocchias Stimme vernommen. Carestia steckt ihm ein Messer in die Hand.

»Was soll ich machen?«

»Stichs ab.«

»Ist dir klar, daß dies hier unser Freund Pannocchia ist?«

»Was man so Freund nennet. Ich möcht ihn an unserer Stelle sehen. Er hätte uns beide längst aufgefressen.«

»Ja, vielleicht hast du recht. Doch ich kanns jetzt nicht. Es hat mich so merkwürdig angesehen. Halt das Messer und stich dus zuerst ab, darnach stech auch ich es ab.« Carestia nimmt das Messer wieder an sich und hält es an die Kehle des Schweines. Dann schließt er die Augen. Auch Millemosche hat sich die Augen zugestopft, um nichts zu sehen. Als sie sie wieder öffnen, merken sie, daß die Messerspitze nicht einmal um ein Hundertstel durch die Schwarte des Tieres gedrungen ist. Carestia reicht das Messer Millemosche wieder zurück.

»Ich stoße, allein die Kraft gelangt nicht in den Arm. Sie verharret hier, im Schultergelenk.«

»Wärs ein Christenmensch, würd ich ihn abstechen wie nichts, doch ein Tier, das kann ich nicht.«
»Ist doch nur irgendwie ein Tier.«
»Und wärs Pannocchia, noch schlimmer.«
»Aber hast du nicht gesagt, du würdest einen Christenmenschen abstechen wie nichts?«
»Schon, aber nur einen Feind. In der Schlacht oder beim Duell hab ich sie zu Hunderten niedergemacht. Aber dann muß ich Wut haben. So jedoch, mit kaltem Blute, kann ichs nicht.«
»Dann versuch eben, wütend zu werden.«
Millemosche versucht, wütend zu werden, aber es gelingt ihm nicht. Da legen sie das Messer weg und beschließen, es aus dem Fenster zu werfen, so tötet es sich selbst und fertig. Sie nehmen das Schwein unter dem Bauche auf und heben es bis zum Zellenfensterchen hoch. Zuerst schieben sie den Kopf hindurch, doch der Körper will nicht so recht, und so müssen sie es mit Händen und Füßen durchdrücken, bis es ihnen endlich gelingt, es in den Garten hinabzustürzen, geradeswegs auf den Kopf eines bedauernswerten Mönches, der just in diesem Augenblicke unten vorbeigeht und auf der Erde zerquetscht wird wie ein Ricottakäse. Der Mönch ist Pannocchia. Er hatte sich gerade aus der Grube gerangelt und nun ist er wieder auf dem Boden, zerquetscht wie ein Ricottakäse. Als er sich wieder erheben und auf seine Beine stellen will, stürzen sich Carestia und Millemosche auf ihn, die das Schwein suchen, nun aber ihn finden.
»Was machst du hier? Werd sofort wieder zum Schwein!«
»Ich bin Pannocchia.«
»Und tu nicht so, als würdest du nicht verstehen. Werd wieder zum Schwein, das ist besser für dich.«
»Gib acht, du, wir sind fähig, dich trotz alledem zu essen.«
Pannocchia lamentiert herum und versucht, sich wieder auf die Beine zu stellen. Allein, Carestia und Millemosche wollen das nicht. Sie versetzen ihm Tritte und Hiebe und wollen, daß er auf allen vieren läuft wie ein Schwein, und es scheret sie nicht, ob die Mönchsbrüder sie sehen oder

hören. Immer wieder sagen sie ihm: Werd wieder zum Schwein, das ist besser für dich. Doch Pannocchia tuts nicht. Dann aber richtet er sich auf und läuft hinkend davon, denn am Eingang des Klosters hat er drei nackte Mönche erblickt, und das sind eben die, welche sie im Walde ihrer Kleider beraubt haben.
Die drei Mönche erkennen Pannocchia und die beiden anderen und beginnen zu schreien. Sie laufen ihnen nach, gefolgt von allen anderen. Keine Zeit mehr fürs Schwein, sie müssen sich aus dem Staube machen. Durch eine Tür, eine Treppe hinauf und durch ein Fenster hinunter. Am Ende klettern sie aufs Dach. Vielleicht können sie sich ja noch retten, aber das ist keineswegs sicher. Ihre Bewegungen verheddern sich in den Kutten, die Dachziegel tanzen unter ihren Füßen, doch die Angst gibt ihnen den Mut, sich an einen großen Ast zu klammern, der über die Umfassungsmauer hinausragt. Hier machen sie einen großen Sprung, landen mitten im Unterholz des Wäldchens und verschwinden zwischen dem Strauchwerk, dieweil die Mönche die Glocken zu läuten beginnen, und man spürt, daß jeder Glockenschlag ein Schlag mit dem Prügel sein soll.

Ein Stück Mönchskutte

Aus einer Mönchskutte kann man, so man will, ein Gewand für einen Christenmenschen machen. Zuerst trennt man die Kapuze ab. In die Kapuze schneidet man unten zwei Löcher, und durch diese Löcher steckt man die Beine. Damit hat man schon das Oberteil von einem Beinkleid. Dann trennt man die Ärmel ab, und diese werden die Hosenbeine. Am Ende schneidet man die Kutte zur Hälfte durch und wirft sie wie einen Glokkenmantel über die Schulter. Mit dem verbliebenen Stück Stoff kann man machen, was man will: Bänder, um den Bauch zu wickeln, so jemand an einem unterkühlten

Bauche leidet; einen Hut, so jemand an einem unterkühlten Kopfe leidet; oder auch Ohrenwärmer, so jemand an unterkühlten Ohren leidet. Oder auch nichts dergleichen. Vielleicht täte man besser daran, es zu vergraben. Befindet man sich in der Nähe eines Flusses oder eines Sees, kann man es auch ins Wasser werfen, aber dann muß man schwimmen können, denn sonst würde man ertrinken, wenn man es wieder zurückholen will, und, wie auch immer, es wäre doch schade, das Leben für ein Stück Wollstoffs zu verlieren, das von einer Mönchskutte übriggeblieben ist.
So halten nun auch Millemosche, Pannocchia und Carestia ihr Stück fest in der Hand und fluchen und fluchen hinter zusammengebissenen Zähnen, weil sie den Mut nicht aufbringen, es wegzuwerfen. Natürlich könnten sie es den drei Mönchen, die sie ausgezogen haben, wieder zurückbringen, doch ist es besser, einen großen Bogen um sie zu machen nach allem, was oben im Kloster geschehen ist. Und dergleichen parlamentieren sie eine Weile und beschließen am Ende, sich so zu verhalten, als würde es die drei Stücke Stoffes überhaupt nicht geben und als hätte es sie nie gegeben, und sie beschließen auch, nicht mehr darüber zu reden und auch nicht mehr darüber reden zu hören.

Schwarz ist der Falke

Falken steigen aus der Tiefe eines Tales schräg in den Himmel und stoßen mit Wanderenten zusammen. Die getroffenen Enten lösen sich in eine Wolke aus Federn auf, dann stürzen sie mit ihrem ganzen Gewichte hinab alswie Steine oder Schuhe, vorausgesetzt, daß Steine oder Schuhe sich in einer solchen Höhe befinden und Federn haben. Am Boden gibt es jemand, der die Enten einsammelt, dieweil drei Rittersmänner weitere Falken aufsteigen lassen, nachdem sie den Deckel von

Körben abgenommen haben, in welchen die Falken sich befinden.
Millemosche, Pannocchia und Carestia betrachten die Enten und die Falken. Gerne würden sie die einen wie die anderen verspeisen. Doch sind die Rittersmänner da, und mit denen ist nicht gut Kirschen essen, denn sie sind bewaffnet. Millemosche lenkt seinen geschärften Blick auf die Falken, die große Kreise ziehen, weil der Zug der Enten vorüber ist, und nun suchen sie nach etwas, das eine Natter, ein Eichhörnchen oder ein anderes wildes Tier sein könnte, wie zum Beispiel ein Wildschwein, um ihm die Augen auszuhacken. Und tatsächlich stürzen sie sich kopfüber auf einen bestimmten Punkt. Sofort begreift Millemosche, daß die Falken auf sie zukommen, und so wirft er sich zur Erde und legt die beiden anderen über sich, um sich vor den hackenden Schnäbeln zu schützen. Sie verteidigen sich voller Verzweiflung, stekken den Kopf ins Gras und schützen ihre Augen mit den Händen und die Hände mit den Händen, bis Pferde heransprengen und mit ihnen Leute, die schreien und pfeifen. Daraufhin lassen sich die Falken auf den großen Lederhandschuhen der drei Rittersmänner nieder, welche die drei zusammengekauerten Haufen auf der Erde betrachten und versuchen, ihnen einen Tritt zu versetzen, um herauszufinden, ob es sich um Menschen handelt oder um Tiere.
»Warum tut ihr so, als wäret ihr Wildschweine?«
»Was heißt hier: Warum tut ihr so, wo wir doch nicht einmal wissen, was Wildschweine sind?«
»Dann ändert euere Kleidung und euere Bewegungen.«
»Aber wir bewegen uns doch gar nicht.«
»Dann ändert eben euere Art, euch nicht zu bewegen.«
»Und wie?«
»Tut zum wenigsten so, als wäret ihr Menschen.«
Der Rittersmann, der mit ihnen gesprochen hat und der bösartigste ist, gibt seinem Pferd die Sporen und fliegt davon hinunter ins Tal, gefolgt von den beiden anderen, die auf ihrem behandschuhten Arm die schwarzen Kampffalken tragen. Millemosche, Pannocchia und

Carestia stellen sich auf ihre Füße und machen sich mit ihren Füßen wieder auf den Weg.

Das Pferd im Kopf

Nach drei oder vier Tagen Weges, auf dem sie keiner Menschenseele begegnen, kommt Millemosche der Gedanke, daß ihm sowohl Pannocchia als auch Carestia nur Unglück bringen. Und so wacht er eines Morgens vor den anderen auf und beschließt, sich aus dem Staube zu machen. Er begibt sich auf den Pfad am Fuße des Sand- und Schwefelberges, wo sie Rast gemacht hatten, um zu schlafen, und erreicht ein paar mit Brennesseln überwucherte Felsbrocken. Er läßt sie hinter sich, und gleich fühlt er sich ruhig und allein.
Millemosche hat einen Gedanken im Kopf: er will nach Hause zurück. Wer weiß, warum er nicht früher daran gedacht hat. Zuhause sind seine Frau und seine Stalltiere. Zwei Ziegen, sechs Hühner und die gelben und schwarzen Bienen von Bacone. Wenn diese im Sommer schwärmen, holt Bacone sie wieder zurück, indem er mit einem Stein auf eine Pfanne schlägt oder auch indem er die Königin mit einem kleinen Spiegel blendet. Alsdann steigen die Schwärme herunter, bilden eine Kugel um einen Feigenast, und er trägt sie wieder nach Hause. Jetzt, da Millemosche alleine geht, erinnert er sich an Bacones Gespräche über Bienen, an die Listen der Feinde und Parasiten. Bacone erzählte ihm, daß die Hauptfeinde die sind, welche die Bienen fressen, und das sind die Spitzmaus, der Bär, der Dachs, der Marder, das Wiesel, die Eidechse, die Kröte und der Frosch. Die Parasiten dagegen stehlen den Honig, und das sind die Menschen, die Hornisse, die Drohne und die Wespen. Dann gibt es noch die Motte, die das Wachs wegnagt. Der gefährlichste Feind aber ist die Feldmaus, weil diese Bienen, Honig und auch Wachs frißt. Bacone haßte die Feldmaus

mehr als jedes andere Tier auf der ganzen Welt und ging an jedem Tag des Jahres auf Jagd nach ihr. Und wenn er eine fing, aß er sie bei lebendigem Leibe auf, indem er sie an die Stelle der Krume in ein Stück Brotlaib steckte. Vier oder fünf Feldmäuse hatte auch Millemosche gegessen. Jedoch gegrillt, Gioconda war hervorragend in der Zubereitung von Mäusen, Wasserschlangen und Eidechsen. Eidechsen isset man nur, wenn man wirklich hungrig ist, mithin immer.

Mit all diesen Erinnerungen im Kopf geht Millemosche seit über einer Stunde auf seinem Pfade dahin. Dann setzt er sich nieder, um auszuruhen, und merkt, daß Carestia und Pannocchia nur wenige Schritt von ihm entfernt schlafen. Was hat das zu bedeuten? Sollte er keinen Weg zurückgelegt haben? Und doch sind seine Waden müde. So ist er gegangen und gegangen, und doch hat der Weg ihn an die Ausgangsstelle zurückgebracht. Und weil er sich nun einmal auf der Woge der Erinnerungen und der Wehmut befindet, nimmt er einen spitzen Stein und beginnt, etwas in die trockene Kruste des Hügels zu zeichnen. Zuerst zeichnet er den Schweif, dann die Hinterbeine, dann den Bauch und den Rücken und zuletzt den Kopf und die Vorderbeine. Es ist ein Pferd.

Als Pannocchia und Carestia aufwachen und die Zeichnung betrachten, sagt Millemosche, noch bevor sie irgendeinen Kommentar abgeben können, daß sein Pferd genau so aussah, mit schlankem Kopfe, sehnigen Beinen, langem Schweif. Und dieweil er redet, begreift er, warum er weglaufen wollte. Ein Mann, der viele Jahre mit einem Pferde zugebracht hat, kann sich einfach nicht mit solchen verstehen, die immer nur zu Fuß gelaufen sind. Zwischen irgendeinem Mann und einem Rittersmanne besteht der gleiche Unterschied wie zwischen einer Katze und einem Löwen oder einer Krähe und einem Adler, um in der Tierwelt zu bleiben, oder zwischen einem Feigenbaum und einer Eiche, um ein Beispiel aus der Pflanzenwelt zu nehmen. Ein Mann zu Roß ist wie ein einziges Tier mit einem Menschenkopf und den Läufen und dem

Schweif eines Pferdes. Unter seinen Beinen die Kruppe und den Bauch eines Pferdes gespürt zu haben und mit seiner flatternden Mähne im Gesicht und seinem Geruch in der Luft geritten zu sein, all das macht einen zu einem anderen Manne.
Millemosche ist so sehr von dem überzeugt, was er denkt, daß er mit Pannocchia und Carestia über sein Pferd zu reden beginnt, obwohl sie es nicht verdienen. Und er beginnt mit dem Ende, das heißt mit dem Tod seines Rosses, das an Staupe verschied. Dann spricht er über Pferde im allgemeinen, über ihre Vorzüge und ihre Nachteile, die an die Farbe des Felles gebunden sind, und sagt, der Schimmel ertrage keine Sonne und der Rappen kämpfe sich auf felsigem Gelände ab, dann beschreibt und benennt er einen Muskel um den anderen und die übrigen Teile des Tieres, von den Ohren bis zum Schweife. Doch da wird er gewahr, daß die vor Staunen weit aufgerissenen Münder von Pannocchia und Carestia auf ein anderes Interesse zurückzuführen sind. Nennt er den Namen eines Muskels oder spricht er vom langen Hüftschenkel des Pferdes, sehen sie es bereits auf der Holzglut und stellen sich vor, wie sie es essen. Man braucht sie nur anzusehen und schon errät man ihre Gedanken. Und in der Tat, plötzlich halten sies nicht länger aus und beginnen Fragen zu stellen, etwa wie viele Steaks man aus einer Pferdeschulter machen könne oder aus der Kruppe oder aus dem Bauche. Doch da steht Millemosche auf und macht sich mit den beiden wieder auf den Weg, die nichts anderes wollen, als noch einmal die Muskeln und hauptsächlichen Teile eines Pferdes nennen hören. Da wird Millemosche rot im Gesichte und springt von einem Fuße auf den anderen.
»Ich habe euch gesagt, ich werde es niemals nicht dulden, daß man in meiner Gegenwart Fleisch von einem Pferde ißt.«
»Aber wer ißt denn hier? Wir stellen uns doch nur vor, daß wir es essen und basta.«
»Nicht einmal vorstellen dürft ihr euch, es zu essen.«
»Ich stelle mir vor, was ich will.«

»Bis zu einem gewissen Grad und jedenfalls nicht bei Pferden, von denen ich erzähle.«
»Ich habe mir auch vorgestellt, Papst zu sein, und da hat mir keiner nichts gesagt.«
»Ich auch nicht.«
»Siehest du nun, daß wir recht haben?«
»Nein. Weil, wenn einer sich vorstellt, Papst zu werden, tut er niemandem kein Leid an. Issest du ihn, ändert sich die Lage.«
»Aber wir haben doch gar nichts gegessen.«
»Dieweil ich euch gutgläubig von meinem Pferde erzählte, habt ihr es vor meinen Augen aufgegessen. Muskelstrang um Muskelstrang.«
Pannocchia und Carestia sagen nichts. Sie kauen noch immer, weil Fleisch vom Pferde ein wenig zähe ist, und am Ende lecken sie sich die Lippen. Dabei wenden sie sich ab, damit Millemosche sie nicht sehen kann. Dieser entfernt sich unter lautem Geschrei, und sie folgen ihm ebenfalls unter lautem Geschrei.

Besser durch Krieg als durch Hunger

Ein Haufen roter Steine in der Sonne zusammen mit einer grünen Eidechse in der Sonne auf dem Haufen roter Steine. Dann eine hagere, schmutzige Hand. Die Eidechse versteckt sich in einem Spalt. Jetzt kommen drei vollbehaarte Köpfe zum Vorschein und sechs Augen, die enttäuscht sind, weil die Eidechse entwischt ist. In den Gesichtern und in den Augen ist große Müdigkeit und arger Hunger zu erkennen. Es sind Millemosche, Pannocchia und Carestia. Vor ihnen liegt ein Tal mit Büscheln wilder Kräuter und mit Steinen, die von wer weiß woher hier hingerollt sind, und in der Mitten eine Burg und rings um die Burg eine Vielzahl von Zelten und Soldaten zu Fuß und zu Pferde.

»Das da sind Söldnersoldaten, die eine Burg belagern.«
»Und das da ist eine Burg, die von Söldnersoldaten belagert wird.«
»Hab ich was anderes gesagt?«
»Fangen wir nicht wieder an zu diskutieren, ich hab keine Lust dazu.«
Die dreie blicken gedankenvoll auf die Burg und auf das Feldlager unterhalb der Mauern. Auch Gänse sind dort und Schweine, die zwischen den Zelten herumlaufen und zwischen Wäschestücken, die über Sträucher und an den Bäumen zum Trocknen aufgehängt wurden. Und man sieht auch Rauch von entzundenen Feuern. Mehrmals, reihum, scheinen die dreie im Begriff, etwas zu sagen, doch dann gähnen sie oder brechen ein Wort mittendrin ab, und so wird nichts daraus. Endlich faßt Carestia sich ein Herz und zieht aus seinem Munde den Anfang eines Satzes hervor, der aber gerade dann aufhört, als er am spannendsten wird.
»Gerade überlege ich mir, daß ich am liebsten.«
»Was?«
»Nichts.«
»Nein, du wolltest was sagen.«
»Ich wollte sagen, daß ich am liebsten, nein, nichts.«
»Mach schon, was hast du dir überlegt?«
Carestia ist so voller Reue und Angst über das, was er sich überlegt hat, daß er aufsteht und wegläuft. Doch die beiden anderen laufen ihm nach und erwischen ihn bei den Füßen.
»Wir lassen dich nicht weg, ehe du uns nicht sagst, was du sagen wolltest.«
Wieder versucht Carestia wegzulaufen, doch diesmal halten die beiden ihn an Armen und Beinen auf der Erde fest. Jetzt wollen wir doch mal sehen, ob er redet. Da schließt Carestia die Augen und redet in einem Schwalle.
»Ich wollte sagen, daß ich am liebsten wieder ein Söldnersoldat würde. Da ißt man zum wenigsten.«
Pannocchia spuckt ihm ins Gesicht, versetzt ihm einen Tritt und gibt ihm eine Ohrfeige. Und weil er merkt, daß Millemosche sich nicht ärgert und mit Carestia mehr

oder weniger einer Meinung ist, geht er weg, denn nicht einmal tot möchte er wieder Söldnersoldat werden. Er setzt sich ungefähr zehn Schritte entfernt hin, zieht ein langes Gesicht und kratzt die Erde auf.

Millemosche steht auf, ohne etwas zu sagen, geht zu den roten Steinen zurück, starrt wieder auf das Feldlager und macht sich viele Gedanken.

»Eine Belagerung hat was für sich, vielleicht ziehet sie sich noch über Jahre hin. Und man ist da, man isset, man trinkt und strengt sich nicht an. Nur der Mauer darf man nicht zu nahe kommen. Ich habe schon einmal eine Belagerung mitgemacht. Zwei Jahre hat sie gedauert, es waren die schönsten Jahre meines Lebens. Auch ein Roß hatte ich, das, von dem ich euch erzählt habe.«

»Ich habe sagen hören, daß die Belagerten siedendes Öl über sich gießen.«

»Das ist albernes Zeug, ich weiß nicht, wer sich das hat einfallen lassen. Ich hab Erfahrung und sage dir, Öl ist teuer, und heutigentags findet man wenig. Wenn die Belagerten welches haben, kannst du ruhig sein, denn sie behaltens für sich.«

»Wir müssen erst einmal sehen, ob sie uns verpflichten.«

»Tun sie, tun sie. Wo finden sie denn nochmal dreie wie uns? Allein, wir dürfen nicht sagen, daß wir solchen Hunger haben. Wenn sie fragen: Habt ihr Hunger? sagen wir nein, wir haben gerade ein Schwein aufgegessen.«

Beim Worte Schwein springt Pannocchia auf und geht auf Millemosche und Carestia zu. Er sieht sie aus glänzenden Augen an und seine Lippen beben.

»Ich bring es nicht über mich zu sagen, ich hätte ein Schwein gegessen.«

»Ich auch nicht.«

»Dann seid ihr still und ich rede.«

Millemosche geht auf das Feldlager zu, doch dann dreht er sich um, um zu sehen, ob die beiden anderen ihm nachkommen. Carestia macht zwei schnelle Schritte und begibt sich an seine Seite. Pannocchia macht einen Schritt vor und zweie zurück, dann einen zur Seite, dann zweie vor und wieder einen zur Seite, kurzum, er geht mal hierhin, mal dorthin, weil auch er nicht weiß, wohin er eigentlich gehen will.

Der tote Arm

Sie stolpern über Steine und Strauchwerk, einmal, weil sie sie nicht sehen, zum anderen, weil sie ihre Beine nicht richtig heben, vor allem vom Knie an abwärts. Sie gelangen zu den ersten Zelten des Feldlagers. Was sie am meisten erstaunt, ist, daß man niemand nicht sieht. Wo sind die Soldaten? Nur Gänse sind da und Hühner. Sie folgen ihnen sachte, entschlossen, sich auf sie zu stürzen, doch dann finden sie sich von Angesicht zu Angesichte vierzig Soldaten gegenüber, welche still hinter einem von einem Maultier gezogenen Karren hergehen. Auf dem Karren befindet sich ein hölzernes Kistchen, schwarz, lang und schmal. Dies ist ein Leichenzug. Und in der Tat gibt es viele, die weinen. Spaß hin, Spaß her, Millemosche und die beiden anderen fangen ebenfalls an zu weinen. Da gibt es fette und dünne Söldnersoldaten, bedeckt mit zusammengeflickten und mit Eisenfäden zusammengenähten Rüstungen. Millemosche redet.
»Wem gehöret das Kindlein?«
»Was für ein Kindlein?«
»Das in dem Sarge, das verstorbene.«
»Es ist kein Kindlein verstorben.«
»Wer ist denn dann in dem Sarge.«
»Ein Arm.«
»Und für einen Arm bereitet ihr einen Leichenzug?«
»Es ist der rechte Arm unseres Hauptmanns. Ein wildgewordenes Roß hat ihn ihm mit einem Bisse abgetrennt.«
Der Karren mit dem kleinen Sarg bleibt stehen. Zwei Soldaten heben das Kistchen empor und lassen es in ein eng bemessenes Loch hinabgleiten. Der Hauptmann folgt wie unter dem Einfluß von Zauber der Beisetzung seines Armes. Er ist es, der langsam den Erdhaufen neben dem

Loche bewegt und mit kleinen Tritten auf den Sarg hinabfallen läßt. Die Soldaten sehen ihm schweigend zu. Dann wenden sie sich um und gehen fort und lassen ihn mit seinem Kummer allein.
Millemosche, Pannocchia und Carestia setzen sich abseits hin und reden über die Arme und Beine des Menschen.
»Ist es wohl besser, einen Arm oder ein Bein zu verlieren?«
»Ein Bein.«
»Und wie willst du nachher noch gehen?«
»Statt zu gehen, sitzest du, das ist auch bequemer.«
»Ich bin der Meinung, einen Arm zu verlieren ist besser. Wir sind Menschen, die fast immer weglaufen müssen, und zum Weglaufen braucht man sehr wohl die Beine.«
»Ich bleibe dabei, es ist besser, ein Bein zu verlieren als einen Arm. Denn verlierst du den Arm, verlierest du auch die Hand.«
»Verlierst du das Bein, verlierest du auch den Fuß.«
»Willst du die Hand mit dem Fuße gleichsetzen? Der Fuß dienet nur, um auf den Füßen zu stehen, dagegen drehest du mit der Hand einem Huhne den Hals um und auch einem Christenmenschen, mit ihr kannst du Fausthiebe austeilen und Ohrfeigen geben, mit ihr kannst du die Beinkleider runterlassen und wieder hochziehen. Wo nicht, mußt du dir immer von jemandem helfen lassen.«
»Mit dem Fuße kannst du Tritte versetzen. Beinkleider kann man sehr wohl auch mit einer Hand allein hoch- und runterziehen.«
»Das glaube ich nicht.«
»Ich verwette darauf, was du willst.«
»Und was verwetten wir?«
»Den Kopf.«
»Welchen Kopf?«
»Unseren. Wer verliert, verliert den Kopf.«
Da steht Millemosche auf und schnürt, den einen Arm auf dem Rücken, mit dem anderen seine Beinkleider auf, zieht sie herunter, hockt sich nieder und verharrt ein paar Augenblicke mit blankem Hintern vor dem Haupt-

manne, der just in dieser Sekunde zurückkehrt und jählings stehenbleibt.

Millemosche erblickt ihn, steht eilends auf und zieht, so gut es eben geht, die Beinkleider wieder hoch und immer nur mit einer Hand. Dann tritt er, bevor er zu reden beginnt, einen Schritt zurücke, und dies sowohl aus Achtung als auch aus Angst.

»Was treibst du da vor meinem Zelte?«

»Nichts, Capitano. Es war nur Verstellung. Ich wollte beweisen, daß es besser sei, nur einen Arm zu haben als nur ein Bein.«

»Aus welchem Grunde sagst du das?«

»Aus dem Grunde, beispielsweise, daß einer seine Geschäfte auch ohne die Hilfe anderer verrichten kann.«

»Welche Art Geschäfte?«

»Scheißen, Capitano.«

»Und wer soll Duelle führen? Wer soll das Schwert halten? Und wie umklammerst du eine Frau?«

»Wo sind die Frauen, Capitano?«

Millemosche blickt um sich, denn er will sehen, ob es Frauen gibt, wie das manchmal in Feldlagern der Fall ist. Der Hauptmann tritt in sein Zelt mit wehmütigem Schritt, setzt sich dann auf einen Hocker und betrachtet hin und wieder seinen linken Arm und denkt über ihn nach. Durch vieles Nachdenken kommt ihm eine Idee, die ihn in Aufregung versetzt. Er erteilt Befehle, die das ganze Feldlager durcheinanderbringen, doch gleich darauf gewinnt das Durcheinander Gestalt, und die Soldaten versammeln sich vor dem Zelte. Inmitten der Soldaten stehen auch Millemosche, Pannocchia und Carestia.

Auch sie wissen nicht, wie es kommt, daß sie sich dort befinden, doch, da alle herbeilaufen und sich in eine Reihe aufstellen, mischen auch sie sich unter die anderen und stellen sich in einer Reihe auf.

Der erste Soldat ist bereits ins Zelt getreten und gleich darauf in hohem Bogen kopfüber wieder herausgeflogen. Er steht von der Erde auf und geht hinkend davon. Und das gleiche geschieht mit dem zweiten und dem dritten.

Da versuchen Millemosche und die beiden anderen, die Reihe zu verlassen, doch stehen dort bewaffnete Wachsoldaten, die sie wieder in die Reihe zurückjagen.
»Wir sind nur auf Durchreise. Wir haben damit nichts zu tun.«
»Jetzt aber seid ihr da und ihr bleibt.«
»Wir wissen ja nicht einmal, was eigentlich los ist.«
»Das werdet ihr nachher erfahren.«
»Wann nachher?«
»Im Zelte. Der Capitano sucht eine rechte Hand.«
»Wofür?«
»Für alles.«
Die dreie würden gern noch mehr wissen. Zum Beispiel, ob der Hauptmann daran denkt, sie abzuschneiden, wenn er die Hand gefunden hat, die nach seinem Sinne ist, oder was. Doch weil nun Carestia an der Reihe ist, ergreift der Wachsoldat ihn und stößt ihn ins Zelt. Sogleich hört man Schreie, und gleich darauf fliegt auch Carestia kopfüber heraus. Millemosche macht einen Satz zurück und versucht davonzulaufen, doch die Wachsoldaten packen ihn und schieben ihn ins Zelt.
Vor ihm steht, in der Mitte des Zeltes, der Hauptmann. Mit der linken Hand macht er ihm ein Zeichen, er möge näher treten, doch Millemosche bewegt sich nur mit dem Kopf und dem Rumpf. Die Füße stehen unbeweglich auf der Erde. Der Hauptmann blickt ihm starr in die Augen, und er schließt die Augen.
»Wir haben uns schon irgendwo gesehen.«
»Ja, Capitano, vor dem Zelte.«
»Weißt du, warum du hier eingetreten bist?«
»Ungefähr.«
»Zeig mir deinen rechten Arm.«
Millemosche ist so durcheinander, daß er nicht mehr weiß, was sein rechter, und was sein linker Arm ist. Er beginnt, den falschen freizumachen, merkt aber gleich, daß der rechte Arm der andere ist, und so macht er ihn bis hinauf zur Schulter frei, um soviel Muskeln wie möglich zu zeigen. Der Hauptmann geht um ihn herum, nimmt dann den Arm mit der linken Hand und rollt

ihn zusammen als wär er aus Brotkrumen. Millemosche läßt sich zur Erde fallen und bedeckt sich die Augen, dieweil der Hauptmann ihm eine geballte Ladung Tritte versetzt und sich ärgert, weil er nicht davonrennt wie die anderen. Dann hebt er ihn auf und schleudert ihn überallhin. Schließlich setzt er sich erschöpft auf den Hocker und betrachtet diesen zu einem Schmerzensbündel verkommenen dickköpfigen Lumpenhund, der zu seinen Füßen kauert. Langsam hebt Millemosche den Kopf.
»Einen, der Prügel so wegsteckt wie ich, gibt es nicht noch mal.«
»Schon, aber der Arm ist klein.«
»Er wird schon wachsen.«
»Wie soll er wachsen?«
»Durch Essen.«
»Wie heißt du?«
»Millemosche Quisquiglia.«
»Weißt du das Schwert zu führen?«
»Das Schwert, den Säbel, die Lanze. Ich bin ein Rittersmann. Ich weiß auch Steine zu werfen.«
»Tüchtig. Ich nehme dich als meine rechte Hand in meinen Dienst. Bist du mit zwei Dukaten pro Tag einverstanden?«
»Sagen wir vier.«
»Denk dran, ich nehme dich lediglich als meine rechte Hand in meinen Dienst, mit der anderen machst du, was du willst.«
»Ich habe zwei Menschen, die ich versorgen muß, Capitano.«
»Drei Dukaten. Mehr kann ich nicht.«
»Dreieinhalb.«
»Mehr als drei ist nicht drin. Diese Belagerung kostet mich ein Vermögen, und der Fürst ist in Zahlungsverzug.«
Sie kommen überein für drei Dukaten täglich. Nun ruft der Hauptmann für die Investitur seiner neuen rechten Hand seine Statthalter zusammen. Dann legt er sein Feiertagsgewand an. Millemosche stellt sich hinter ihn und steckt den rechten Arm in den leeren Ärmel. Zwei

Statthalter binden zwei Ledergürtel um den Hauptmann und Millemosche, und zwar dergestalt, daß sie sozusagen zu einer Person werden. Allerdings binden sie sie zu eng aneinander.
»Ich ersticke.«
»Denk dran, daß, wenn du deinen Funktionen als rechter Hand obliegst, du kein Recht hast zu sprechen. Es ist so, als würdest du nicht existieren.«
»In Ordnung, Capitano.«
»Schweig!«
»Hab verstanden.«
»Ruhe!«
Der Hauptmann versetzt ihm einen Tritt nach hinten, und dieses Mal begreift Millemosche, daß er still sein muß mit geschlossenem Munde. Und als dann endlich Ruhe herrschet, gibt der Hauptmann mit einer so feierlichen Stimme seine Erklärung ab, wie er nur kann.
»Ich ernenne hiermit den Ritter Millemosche Quisquiglia zu meiner rechten Hand. Von diesem Augenblicke an folgt mir seine Hand in guten wie in schlechten Tagen, im Kriege wie im Frieden. Er verteidiget mich vor Feinden wie vor Freunden, er dienet mir getreu am Tage wie bei Nacht, auch für die kleinen Bedürfnisse des Körpers.«
Der Hauptmann tritt aus dem Zelte, mit Millemosche, der an seinen Rücken geschnüret ist. Auf ihn folgen die Statthalter. Dort draußen, in der Mitte des Feldlagers, sind die Soldaten versammelt. Der Hauptmann schreitet ihre Formationen ab. Hin und wieder bleibt er stehen und stampft mit den Füßen auf die Erde, zum Zeichen seiner Autorität. Millemosche erlaubt sich die eine und andere kleine Initiative zur Unterstützung seines Kommandeurs. Einem Soldaten, dessen Helm schief sitzt, gibt er einen Schlag an den Kopf, damit der Helm wieder geraderückt. Einem anderen, der seinen Bauch zu weit herausstreckt, versetzt er einen Faustschlag, der ihn zusammensinken läßt. Noch einem anderen verpaßt er eine schallende Ohrfeige, weil er einen Schnauzbart trägt. Die Soldaten werden von der neuen rechten Hand des

Hauptmannes sehr eingeschüchtert, und alswie er näher kommt, treten sie einen Schritt zurücke, um den Ohrfeigen und Fausthieben auszuweichen.
Am Ende der Truppenschau gibt es eine Diskussion zwischen dem Hauptmann und seinen Statthaltern, um einige Dinge zu klären, die schon klar sind, aber man kann ja nie wissen.
»Wir werden den Plan für eine Erstürmung in großem Stil erarbeiten müssen.«
»Wollt Ihr die Burg nicht erobern, Capitano?«
»Seid ihr von Sinnen? Wenn wir sie erobern, entläßt uns der Fürst. Wir können die Belagerung noch mindestens ein weiteres Jahr fortsetzen. Ich sagte lediglich: Wir werden müssen.«
Er unterbricht seine Rede, um mit den Augen der rechten Hand zu folgen, die seine Worte mit fuchtelnder Gestik unterstreicht, kreisförmig, ausgreifend, nach rechts und nach links. Dann hält sie still und stützt sich in die Hüfte des Hauptmanns in einer Haltung großer Sicherheit.
»Ich sagte, wir werden eine spektakuläre Erstürmung erarbeiten müssen für den Fall, daß der Fürst kommt und uns einen Besuch abstattet, einfach nur, um ihm ein bißchen Sand in die Augen zu streuen.«

Der König der ganzen Welt

Pannocchia und Carestia haben sich darangemacht, ein Haus zu bauen, und zwar mit den Steinen, die die Belagerten herunterwerfen, um sich vor den Erstürmungen zu wehren. Sie nehmen zwei Steine auf einmal und legen sie ganz langsam übereinander, in einem abgesonderten Bereich am Rande der Zelte. Man hatte ihnen kein Zelt geben wollen, und so bauen sie sich nun ein Haus mit Mauern, mit einem Dach und allem anderen. Sie werfen frischen Pferdemist in die Ritzen, auf diese Weise zementieren sich die Steine gegenseitig, und die

Mauer wird ungeheuer stark und fest. Über Mörtel kann man nur lachen, wenn man ihn mit frischem Pferdemist vergleicht. Auch Kuhmist ist gut, aber nicht das gleiche. Von Zeit zu Zeit halten sie inne und betrachten die Arbeit aus einer gewissen Entfernung. So können sie sehen, daß die Mauer wächst, und zwar sowohl in der Senkrechten wie in der Waagerechten.

»Ich habe sagen hören, daß es Häuser mit zwei Stockwerken gibt, einem oben und einem unten.«

»Und ich habe sagen hören, daß es Häuser mit zwei Türen gibt, eine zum Hereinkommen und eine zum Weggehen.«

»Ja, schon, aber Türen sind gefährlich.«

»Wieso?«

»Weil durch die Türen Diebe hereinkommen. Und wo wir uns nun schon ein Haus bauen, ist es besser, gleich auf Nummer sicher zu gehen.«

»Aber wovor hast du Angst? Größere Diebe als wir gibt es doch nicht.«

»Da hast du recht. Wenn ich könnte, würde ich alles klauen.«

»Alles ist meiner Ansicht nach zuviel. Unter anderem weißt du nicht, wohin mit all dem Zeug.«

»Da täuschest du dich, denn ich klaue auch Erde und Straßen und Häuser mit allem, was darinnen ist, und ich laß alles da, wo es ist, denn es gehöret ja sowieso mir.«

»Um beruhigt zu sein, müßtest du die ganze Welt klauen.«

»Und dann?«

»Dann bedeutet das, daß du, wenn du die ganze Welt geklaut hast, der König der ganzen Welt bist.«

»Und dann?«

»Dann weißt du nicht mehr, was du noch klauen kannst.«

»Und dann?«

Sie arbeiteten bereits seit zwei, drei Tagen und sahen Millemosche nur flüchtig im Vorübergehen. Sie wußten, daß er inzwischen Ordnung in sein Leben gebracht hatte, und das freute sie durchaus. Besser zwei, denen es schlecht geht, als dreie. Und, um die Wahrheit zu sagen, jetzt ging es Millemosche einigermaßen gut. Immer wie-

der probte er verschiedene Ärmel an, sowohl aus Tuche als auch aus Metall und einen sogar aus Silberplatten. Alle Ärmel des alten rechten Armes des Hauptmannes, welcher größer und dicker und vier Finger länger war, mußten gekürzt und mit Abnähern versehen werden. Millemosche saß oder stand, und die Schneider und Schmiede, so es sich um Metall handelte, arbeiteten um seinen Arm herum, ohne auch nur ein Wort mit ihm zu wechseln. Sprechen wir es ruhig ganz offen aus, sie behandelten ihn, als wäre er überhaupt nicht da. Daher kam es manchmal vor, daß Millemosche vor Langeweile einschlief, auch wenn er auf seinen Füßen stand. Von seinem Rosse hatte er gelernt, im Stehen zu schlafen. Dazu mußte man sich breitbeinig hinstellen, die Brust nach vorne beugen und den Hintern nach hinten strecken. Wenn er nicht schlief, dann sah er dem Schneider oder dem Schmied ins Gesicht, und zwar solange, bis diese nicht mehr konnten und sagten: Jetzt reichts aber, und ihn auf die andere Seite drehten.
Der linke Arm erregte im Gegensatz zum rechten Mitleid. Millemosche hatte begriffen, daß der Arm längst viel wichtiger war alswie er selbst. Zuerst kam der Arm, darnach alles andere. Nach den Ärmelanproben streifte Millemosche durchs Lager, steckte seinen Kopf überall hinein und gelegentlich gab er den Soldaten eine schallende Ohrfeige mit der rechten Hand. Niemand nicht durfte dagegen aufbegehren, und wenn einer eine Ohrfeige erwartete, bekam er einen Schlag in den Bauch.
Eines Morgens durchquert er zu Fuß das gesamte Feldlager, um zu sehen, wohin Pannocchia und Carestia sich verzogen haben. Er hatte seinen rechten Arm und die rechte Hand mit einer silbernen Rüstung bedeckt. Er geht durch das Gebiet der Heeresgepäckwagen, das Gebiet der Gemüsegärten voller Kohlköpfe, und findet am Ende die beiden Freunde, die am Hause arbeiten.
»Was baut ihr da?«
»Ein Haus.«
»Wer hat euch erlaubt, ein Haus zu bauen?«
»Niemand nicht.«

»Wem sind die Steine?«
»Dem Feinde.«
Da pöbelt Millemosche mit ihnen herum und zeigt seinen silbernen Arm, den er bis dahin auf dem Rücken verborgen gehalten hat. Carestia und Pannochia werden geblendet, sie spiegeln sich im Metalle und sind entsetzt, als sie ihre schmutzigen Gesichter erblicken, die jetzt so sauber und glänzend wirken wie das Metall, in dem sie sich spiegeln.
»O Lustprügel!«
»O Lustprügel was?«
»Der ist aus Silber.«
»Ja.«
»Warum machen wir uns dann nicht aus dem Staube?«
Der Arm gibt Carestia und gleich darauf Pannocchia eine schallende Ohrfeige. Sogar Millemosche selbst ist über dessen Gewalttätigkeit erschrocken und versucht, ihn still zu halten, sagt zu ihm: Immer schön ruhig bleiben und bilde dir nur ja nichts ein, gib Ruhe, das hier sind Freunde. Und da ruht sich der Arm in der Sonne auf einem Felsbrocken aus, der aus der Erde wächst. Carestia und Pannocchia betrachten voller Entsetzen das glänzende, blendende Ding. Auch Millemosche sieht es düster an, als würde es nicht ihm gehören. Carestia tritt vor Millemosche hin, mit einem Gesicht, das einem angst macht.
»Verschwinde. Bring diesen Arm weg.«
»Weg, wohin?«
»Sonst wirf ihn in einen Graben.«
»Wie kann ich ihn in einen Graben werfen?«
»Zerschneide ihn.«
So, als habe er alle diese Gespräche verstanden, richtet sich der silberne Arm auf, und Millemosche verfolgt die beiden Freunde durchs ganze Lager. Und dieweil er hinter ihnen herläuft, schlägt er, wohin er gerade kann, das heißt auf ihre Köpfe, beispielsweise, und auch auf die Köpfe der anderen Soldaten. Allein, Millemosche wußte genau, daß es nicht der Arm war, der alle diese Gemeinheiten ausführte. Er versuchte zwar, dem Arm

die Schuld zu geben, in Wirklichkeit aber war er es selbst. Er teilte Ohrfeigen aus, einfach so, aus reinem Spaß an der Sache.

Alle ihre Frauen

Nicht alles war schön und herrlich. Ein Hauptmann kauft eine Hand, und dann läßt er sie machen, was sie will. Das ist einfach unmöglich. Vom dritten Tage an wird Millemosche auf den Rücken des Kommandeurs gebunden, und seine rechte Hand hält ein kräftiges Schwert. Sie ertüchtigen sich bei einem Duell, und der Hauptmann weist ihn schreiend an, er solle den Arm nach rechts und nach links bewegen, er will, daß er lernt, sich zu duellieren, und von Zeit zu Zeit gibt er ihm einen Schlag auf den Kopf, bei dem das Gehirn wackelt. Nach den Ertüchtigungen wird gegessen, das heißt der Hauptmann ißt.

Der Hauptmann ist jemand, der immer ißt. Er wacht um acht auf und ißt, und dieweil er ißt, bestellt er das, was er um zehn Uhr essen möchte, und um zehn Uhr das, was er zwei Stunden später essen muß. Und immer so weiter, bis Mitternacht. Und Millemosche muß den rechten Arm gut bewegen, um die Schenkel vom Hasen oder von der Gans oder vom Hammel zum Munde zu führen. Im richtigen Augenblicke muß er das Fleisch von den Zähnen des Hauptmannes lösen. Und oftmals muß er das Fleisch wieder auf den Teller legen und ihm den Kopf kratzen oder ihm einen Finger ins Ohr stecken, um es freizumachen. Alles rechtzeitig, ohne ein Wort, ohne ein Zeichen. Aber das schlimmste ist etwas anderes: all diese wohlschmeckenden Sachen vor sich zu sehen, ohne die Möglichkeit zu haben, sich auch nur eine Karotte in den Mund zu stecken. Nichts. Den Bauch des Hauptmannes kratzen und ihn Tag für Tag dicker werden zu fühlen, dieweil der seine flach sein muß, um sich besser an des

Hauptmannes Rücken anzupassen, ohne die Gürtel zu weiten, die sie beide zusammenhalten. Still und heimlich allerdings entgeht das eine oder andere der Aufmerksamkeit des Hauptmannes.

Millemosche beginnt zu verstehen, wie die Arbeit beschaffen ist, die er ausführen soll. Auf der Hut sein, wenn der Hauptmann zuviel gegessen und getrunken hat und die Augen vor Mattigkeit oder Schläfrigkeit schließt oder niederschlägt. Diese Augenblicke müssen genützt werden, um die Hand dahin zu bewegen, wohin es ihm gefällt, und einen Bissen Fleisch in seinen eigenen Mund, statt in den des Hauptmannes zu stecken. Welchselber mit offenem Munde verharrt und wartet, doch dann kommt der Handrücken, welcher ihm über die fettigen Lippen fährt, um sie abzuwischen. Die besten Augenblicke sind die, wenn der Hauptmann nach dem Essen einschläft, dann nämlich kann die Hand in den Tellern herumstöbern oder auch in den Wamstaschen und herausfinden, ob es den einen oder anderen Dukaten gibt oder auch sich selber kratzen, sofern das Bedürfnis hierfür bestehet.

Der Abend geht mit Gähnen zu Ende, und so bedeckt die rechte Hand den offenen Mund des Kommandeurs, reibt ihm die Augen, wie man es bei dem tut, der schläfrig ist oder versucht, wach zu bleiben. Um zu Bette zu gehen, schnallt der Hauptmann die Gürtel auf, und Millemosche fällt kraftlos zu Boden, gleichsam als hätte er seine Wirbelsäule verloren. Daraufhin gibt der Hauptmann ihm zwei bis drei Fußtritte, um ihn loszuwerden, und Millemosche schleppt sich irgendwohin, um zu schlafen.

Die ersten Tage sind eine harte Probe, wie bei einem Hund, der an der Kette liegt. Doch dann gelingt es Millemosche, eine Stunde Freizeit nach den Hauptmahlzeiten zu bekommen, und so kann er durch das Lager streifen und ein paar Worte mit dem einen und anderen wechseln, vor allem mit Pannocchia und Carestia, wenn er sie antrifft. Allein, die beiden reden nicht mehr mit ihm, wegen des rechten Armes. Daraufhin kleidet Millemosche ihn nicht mehr in Silber oder in Samt, er behandelt ihn genauso wie den anderen Arm. Das alles, um Frieden mit Pannocchia und Carestia zu schließen, die weiter an ihrem Hause bauen, ohne ihn auch nur ein einziges Mal anzusehen. Er sitzt ganz in ihrer Nähe, dieweil sie sich über Frauen unterhalten, und er stirbt fast vor Lust, auch mit ihnen reden zu können. Allein, das ist so ferne wie nie.

»Die erste Frau, die ich gehabt habe, war eine Mauer.«

»Wie hast du das denn gemacht?«

»Ganz einfach. Ich sehe, daß diese Mauer ein Loch hatte, und da habe ich profitiert.«

»Und nach der Mauer, wie viele Frauen hast du da noch gehabt?«

»Danach hatte ich ein Schaf.«

»Und danach?«

»Danach von allem ein bißchen: Hühner, Stuten und Kühe.«

»Doch niemals richtige Frauen?«

»Löcher jeglicher Art, aber wirklich richtige Frauen nur einmal, nachts, im Dunkeln, in einer Grotte.«

»Bist du sicher, daß es eine Frau war?«

»Richtig sicher nicht, aber fast.«

»Redete sie?«

»Sie benahm sich wie ein Tier.«

»Dann wars auch ein Tier.«

»Möglich. Und du?«

»Ich habe mit einer Gans angefangen. Ich hatte mich verliebt. Sie hat mich zum Wahnsinn getrieben. Denn jedesmal, wenn ich sie sah, bekam ich Lust, sie zu essen, statt dessen packte ich sie am Ende bei den Flügeln und zog sie mir auf, wie wenn ich sie auf einen Bratspieß ziehen würde. Schließlich ist die Geschichte so zu Ende gegangen, daß jemand anderer sie gegessen hat.«

Millemosche verliert sich in Gedanken in die Gespräche der beiden Freunde. Und so sieht er sich als Zwölfjährigen auf einem großen schneebedeckten Feld. Es war das erste Mal, daß er Schnee gesehen hatte, und das übte einen merkwürdigen Reiz auf ihn aus, der von unten aus dem Bauche nach oben stieg. Da machte er mit einem Finger ein Loch in den Schnee und warf sich im Aufruhr seiner immer größer werdenden Gefühle auf diese hehre, weiche, weiße Frau.

Der Hausbau

Irgendwann haben Pannocchia und Carestia nicht mehr genügend Steine, und so gehen sie unter die Burgmauer und machen Krach. Sie brüllen den feindlichen Wachen Unfreundliches zu, daß euch die Lepra heimsuche und andere Sakramente, worauf diese wütend einen Steinhagel über sie schicken, dieweil die beiden sich schnell davonmachen. Nach einiger Zeit sammeln sie die Steine auf und bauen weiter an der Mauer ihres Hauses. Millemosche ist es überdrüssig, so untätig da herumzustehen. Einmal versucht er, ihnen mit dem linken Arme zu helfen, weil jemand ihn beim rechten Arm beobachten und es dem Hauptmanne hinterbringen könnte, doch sie nehmen die Steine, die er ihnen hinhält, und legen sie an dieselbe Stelle, wo sie vorher gelegen haben. Da geht er fort, alleine, denn er findet niemand mehr, der mit ihm spricht. Pannocchia und Carestia dagegen unterhalten sich so munter miteinander, wies schöner nicht geht.
»Ich habe sagen hören, daß wir auch Fenster brauchen.«
»Ich würde sie nicht machen. Durch die Fenster kommen Fledermäuse, Eulen, Mücken, Krähen und Nattern herein.«
»Nattern gelangen zumeist durch die Türe herein und nicht durchs Fenster.«
»Das Haus, das wir bauen, soll einem Gefängnis gleichen.«
»Das Gefängnis ist das schönste Haus, das es gibt. Unter anderem reicht man dir, wenn du im Gefängnisse sitzest,

immer ein Stück Brot und ein bißchen Wasser, und das alle Tage.«
»Schon, aber manchmal traktieren sie dich mit dem Prügel und hin und wieder hängen sie dich auch auf.«
»Das kommt auch dann vor, wenn du die Straße entlanggehst.«
»Allein, auf der Straße kannst du entweichen.«
»Wir haben gesagt, wir bauen weder Fenster noch Türen ein. Wie aber kommet jemand herein?«
»Wer ist jemand?«
»Die, die uns mit dem Prügel traktieren wollen. Ich glaube, sie kommen nicht herein.«
»Und wenn sie zufällig doch hereinkommen?«
»Dann entweichen wir.«
»Schön, du Amsel, und wo sollen wir durch, wenns weder Türen noch Fenster gibt?«
»Ganz einfach, wir entweichen dort, wo sie hereinkommen.«
»Was für ein Glücke, dann sind wir sicher.«
Unterdessen ist das Haus hoch genug. Jetzt muß es gedeckt werden. Pannocchia und Carestia fügen Balken von einer Mauer zur anderen ein und auf diese Balken legen sie alles Mögliche, um das Dach zuzumachen. Steinerne Platten, hölzerne Platten, Stücke von zertrümmerten Rüstungen. Ein Haus ohne Dach ist kein Haus nicht, sagt Pannocchia, es ist wie ein Mann ohne Hut, denn es regnet hinein.
Dieweil sie dort oben in luftiger Höh am Dache arbeiten, erblicken sie fern in der Ebene eine Staubwolke und in der Staubwolke vier oder gar fünf Rittersmänner im Galopp.
Sie halten gleich in der Nähe von Pannocchias und Carestias Haus und betrachten sie neugierig, als sie ihre Visiere hochklappen. Der wichtigste dieser Rittersmänner ist der Fürst von Roccaprebalza, der überall Ruhm erworben hat wegen seiner drei Eier. Allein, Pannocchia und Carestia fällt es schwer, einen Fürsten von einem gewöhnlichen Rittersmanne zu unterscheiden. Und sie wissen nicht, daß alles von ihm abhänget, auch der Söld-

nerhauptmann, die Söldnersoldaten, die Heeresgepäckwagen und alle Zelte des Feldlagers. Und sie wissen auch nicht, daß der Fürst gekommen ist, um sich über den Fortgang der Belagerung ein Bild zu verschaffen, und er ist wütend, weil der Hauptmann und seine Söldnerschar die Burg immer noch nicht erobert haben. Sie sehen den Fürsten von Angesicht zu Angesichte an, als säßen auch sie zu Pferde, denn sie befinden sich auf gleicher Höhe.
»Was bauet ihr da?«
»Ein Haus.«
»Dann habt ihr sicher vor, lange Zeit hier zu bleiben.«
»So lange wie möglich.«
»Und wann, meint ihr, wollt ihr die Burg erobern?«
»Uns kümmert die Burg einen Scheißdreck. Uns reichts, wenn sie noch ein paar Steine herunterwerfen und vielleicht noch ein paar Holzplatten, damit wir das Dach besser zudecken können.«
»Aber andere Pläne habt ihr nicht?«
»Einen Gemüsegarten anlegen und einen Hühnerstall, um Hühner aufzuziehen und Salat.«
»Und darnach?«
»Mit der Zeit ein paar Apfelbäume.«
»Ist das die Art, wie ihr Krieg führet?«
»Das ist der Krieg, wie wir ihn mögen.«
Der Fürst gibt seinem Rosse die Sporen, reitet durchs Feldlager und erschreckt dabei Mensch und Tier.

Das Auge des Herrn und Meisters

Der Fürst von Roccaprebalza tritt ins Zelt des Hauptmannes ein und findet ihn an einem Tische sitzend vor, an welchem er eine Gans verzehrt. Millemosche ist an seinen Rücken gebunden und betätigt die rechte Hand in vortrefflicher Weise. Der Hauptmann, der immer ein wachsames Auge zur Türe wirft, springt auf und schleppt dabei auch den Gabel haltenden Millemosche mit sich, dann versucht er mit der linken, alle Knochen und sonstigen Überreste des Essens auf den Boden zu werfen. Und dieweil er seinen Bissen schnell hinunterwürgt, reicht Millemosche dem Fürsten die Hand, und der Fürst gibt ihm seine, im Glauben, es handle sich um die Hand des Hauptmannes. Und doch ist da etwas, das nicht ganz stimmt, und dann sind da auch andere Dinge noch, die nicht stimmen.

»Und wer ist der da?«

»Niemand.«

»Was heißt hier niemand?«

»Er ist meine rechte Hand. Ich habe den Arm in der Schlacht verloren und daran gedacht, ihn zu ersetzen.«

»Was für eine Schlacht?«

»Für die Eroberung der Burg.«

»Aber ihr habt sie nicht erobert.«

»Es fehlte nur wenig.«

»Diese Belagerung dauert mir ein bißchen zu lange, Capitano. Und derweil bauen sich Eure Soldaten Häuser aus Stein und pflanzen Salat.«

»Es handelt sich dabei um einen neuen Plan, den ich erfunden habe.«

»Was für einen Plan?«

»Die Häuser. Wir zwingen den Feind, Steine auf uns zu werfen, und mit diesen bauen wir ein Dorf. So werdet Ihr am Ende des Krieges zwei Dörfer besitzen. Obersettecamini, welches das mit der Burg und den Häusern innerhalb der Burgmauern ist, und Untersettecamini, welches das ist, was wir gerade bauen.«

»Redet keinen Blödsinn. Die Steine sind dieselben. Wenn Ihr Untersettecamini bauet, bedeutet das, daß Obersettecamini verschwindet.«

»Da wir nach den Häusern auch die Umfassungsmauern bauen, werden wir uns am Ende in einem identischen Dorfe wie dem befinden, das Ihr erobern wolltet.«

»Doch ich bezahle Euch, damit Ihr es mit Waffengewalt erobert. Ihr seid Söldnersoldaten, keine Maurer nicht.«

Millemosche unterläuft ein Fehler, und er haut mit der Faust auf den Tisch, womit er die Sätze des Fürsten

unterstreicht, statt die des Hauptmannes, und damit versetzt er sowohl den Fürsten als auch den Hauptmann in Erstaunen. Aber nun ist er in Fahrt und haut weiterhin mit großer Gewalt auf den Tisch, und schließlich sagt der Hauptmann, angetrieben von dem Arme, der die Luft bedrohlich wie Strudel zerteilt, daß er Respekt für sich und seine Soldaten verlange, daß er kein Maurer sei, sondern ein Söldnerhauptmann wie aus dem Bilderbuche und daß er sich einen Scheißdreck um des Fürsten Geld und Eier schere.
Plötzlich verliert Millemosches Arm den Kopf und landet im Gesichte des Fürsten von Roccaprebalza eine saftige Ohrfeige. Dieser springt auf und ziehet das Schwert aus der Scheide. Sofort macht der Hauptmann einen Schritt zurücke.
»Das war ich nicht.«
»Was heißt das, Ihr wart es nicht? Und wer wars dann?«
»Meine rechte Hand.«
»So befehle ich Euch, sie zu bestrafen.«
»Ich schwöre, daß ich sie betrafe.«
»Und wie?«
»Um Euch zu beweisen, daß ich ein Mann von Ehre bin, lege ich vor aller Soldaten Augen meine rechte Hand ins Feuer.«
Da nun springt Millemosches Kopf hervor und sagt, daß er nicht einverstanden ist. Doch niemand höret ihm zu. Der Hauptmann verläßt das Zelt mit ihm im Rücken und beginnt, Befehle zu erteilen, mit welchselber Handlung er viel Staub unter Soldaten und Pferden aufwirbelt. Dies alles dienet dazu, dem Fürsten Sand in die Augen zu streuen und ihm zu beweisen, daß, wenn der Hauptmann einen Befehl erteilt, das gesamte Feldlager sich in Bewegung setzt wie eine Maschine. Doch inmitten all diesen Durcheinanders gibt es jemand, der ein Kohlebecken findet, und einen anderen, der darin Feuer entzündet, und dies ist eine schlimme Nachricht für Millemosche.

Das Feuer sengt

Inmitten all diesen Staubes und diesen Durcheinanders sind die einzigen, die sich stille abseits halten, Pannocchia und Carestia, welche damit beschäftigt sind, das Dach ihres Hauses zu schließen. Sie stehen auf einem Querbalken und versuchen, das letzte Loch von innen mit einem Stück Rüstung zu stopfen. Als sie es zwischen zwei Balken festgenagelt haben, finden sie sich im Dunkeln wieder und eingeschlossen im Hause. Mit einem Satz springen sie zu Boden, hocken sich in eine Ecke und lehnen ihren Rücken an die Mauer.

»Wenn es jetzt windet oder regnet oder schneiet, können wir uns eines ins Fäustchen lachen.«

»Hoffentlich regnet es und fallen Blitze auf das Haupt all jener Vagabunden, die kein Zuhause nicht haben.«

»Hoffentlich kommt auch ein Erdbeben.«

»Und dann ein Hagel groß wie Steine.«

»Und eine schöne Überschwemmung.«

»Hier sind wir sogar vor der Pest sicher.«

»Meinst du wirklich?«

»Hier tritt nicht einmal der Hunger ein, der überall eintritt.«

Es ist ein Fehler, den Hunger zu nennen. Denn sowie du ihn nennest, kommt er sofort und fällt dich an, wie ein wildes Tier. Er kommt durch die Wände, überwindet Gebirge, reiset des Nachts und des Tages bei Hitze und Kälte und Regen. Da schließen Pannocchia und Carestia wieder Frieden mit Millemosche und rufen ihn, so laut sie können. Allein, Millemosche durchlebt gerade einen schlimmen Augenblick.

Das Kohlebecken steht bereit in der Mitte des Feldlagers, und die Flammen haben das Holz verzehret und es in weiße Glut verwandelt. Der Fürst von Roccaprebalza und alle Soldaten warten darauf, daß der Hauptmann, wie versprochen, seine rechte Hand ins Feuer lege. In die Stille hinein schmettern die Fanfaren. Die rechte Hand jedoch zeigt keinerlei Lust, sich zu erheben und liegt fest in der Hüfte. Und da sie sich von alleine nicht regt, packt

der Hauptmann sie mit der linken und versucht, sie ins Feuer des Kohlebeckens zu halten. Millemosche brüllt so, wie ein Hund jault, wenn das Rad eines Wagens ihm den Schwanz plattwalzt, auch wenn Millemosche, der Ehrlichkeit halber, einen Schwanz nicht hat und ihn nie hatte. Er macht einen gewaltigen Ruck, um den Hauptmann in Verwirrung zu bringen, stellt ihm ein Beinchen, wälzt sich mit ihm auf der Erde und schließlich gelingt es ihm, sich aus den Gürteln zu lösen, die sie zusammenhielten, und er läuft zwischen den Zelten davon, verfolgt von diesen Soldatenkerlen. Er gelangt zu Pannocchias und Carestias Hause, klettert aufs Dach und läßt sich, nachdem er einige Steine weggenommen, im Inneren auf die Schultern der beiden Freunde fallen, die im Dunkeln auf wer weiß was und wer weiß wer du bist warten.
Millemosche hat nicht einmal mehr Stimme genug, um Antwort zu geben. Er klammert sich an die beiden und versucht, ihnen mit den Händen den Mund zu verstopfen, denn rings ums Haus sind Soldaten zu Fuß und zu Pferde, die ihn suchen. Man hört ihre Stimmen, die Befehle, die Rufe, die Sakramente. Pannocchia und Carestia stehen da, ihren Mund hat Millemosche verstopft, und sie wissen genau, daß, wenn die draußen sie zusammen finden, sie alle drei umbringen. Daher ist es besser, mit verriegeltem Munde zu verharren, ohne zu atmen, und vielleicht sogar auch die Augen, die Ohren und alle anderen Löcher zu schließen. Und weglaufen, sobald man kann. Schade, ausgerechnet jetzt, wo sie ein Zuhause haben. Daran ist nur Millemosche schuld. Und so kommt es, daß, als die Soldaten sich entfernen, um ihn anderswo zu suchen, Pannocchia und Carestia ihn mit Beschimpfungen überschütten und anrotzen.
»Du gemeiner Mörder und Lump.«
»Du hältst uns gefangen, ohne uns auch nur ein Stück Brot und etwas Wasser zu geben.«
»Ich bin es doch nicht, der euch gefangen hält.«
»Wer denn sonst?«
»Die aus dem Feldlager.«
»Du bist doch einer von denen.«

»Anjetzt nicht mehr, ich bin abgehauen.«
»Abgehauen? Wohin?«
»Zu meinen Freunden Pannocchia und Carestia.«
»Erzähl keine Lügen nicht. Pannocchia und Carestia sind wir.«
»Und ich bin Millemosche. Jetzt sind wir alle dreie wieder beisammen.«
»Und was machen wir jetzt?«
»Machen wir, was wir immer gemacht haben, hauen wir ab.«
Millemosche steckt seinen Kopf zum Dache hinaus, um zu sehen, was draußen geschieht. Und dann schlüpft er durch das Loch, durch das er gekommen war, gefolgt von den beiden anderen. Sie machen einen Satz auf die Erde und schleichen sich davon, dabei halten sie die Augen geschlossen, um nicht gesehen zu werden. Man hört Pferde näherkommen, das war zu erwarten. So steigen sie alle dreie in ein Faß und verschließen den Deckel. Dort verharren sie, ohne zu atmen, bis die Pferde sich entfernt haben.
Ein Faß ist ein hübscher Ort zum Verstecken, doch nicht, um ein Leben lang darin zu wohnen. In einer Lage wie dieser ist es besser, es gar nicht erst zu finden. Sie beginnen darüber zu diskutieren, was getan werden müsse, und während sie diskutieren, bewegen sie sich so heftig, daß das Faß auf abschüssigem Gelände wegzurollen beginnt. Nun nimmt es zusehends an Geschwindigkeit zu und macht große Sätze, bei denen es Steine und abgehauenes Geäst plattwalzt. Millemosche, Pannocchia und Carestia schützen ihren Kopf mit Händen und Armen, weil die Aufschläge ärger noch sind als Fausthiebe und Fußtritte.
Das Faß fliegt über einen Graben, walzt einen Strauch nieder, gibt einem Baum einen mächtigen Stoß, wodurch ein Hagel von Äpfeln herniederprasselt, die ebenfalls zu rollen beginnen. Mit großer Geschwindigkeit kommt es am Fuß eines Hügels an, und wegen des Schubes rollt es auch wieder hinauf und erreicht die Höhe, rollt über diese hinweg und auf der anderen Seite schnell wieder

hinunter, auf einen Fluß zu. Schließlich und endlich macht es einen großen Flug über Weidengesträuch, und unter dumpfem Rumpsen landet es im Wasser. Millemosche, Pannocchia und Carestia, allesamt verbeult und ineinanderverkeilt auf dem Grunde des Fasses, reden jetzt nicht mehr, denn sie glauben, sie seien ertrunken und hätten ihre Wahrnehmungsfähigkeit verloren.
Draußen herrschet große Stille, nur ein paar Vögel hin und wieder und eine Zikade in der Ferne. Der Fluß schlängelt sich langsam zwischen grünen Bergen und weißen Hügeln dahin, als würde er einen Spaziergang machen.

Ein Aug für die Schwarzdrossel

Zusammengekauert auf dem Grunde eines Fasses kann man hervorragend zu dritt schlafen, gewiegt von der Strömung des Flusses, auf welcher das Faß in der Abenddämmerung dahinfährt, getragen von der Strömung und getrieben von einem leichten Winde. Die dreie, die auf dem Grunde des Fasses schlafen, welches auf dem Flusse in der Abenddämmerung dahinfährt, getragen von der Strömung und getrieben von einem leichten Winde, sind Millemosche, Pannocchia und Carestia.
Eine Schwarzdrossel kommt herbeigeflogen und läßt sich auf dem Rande des Fasses nieder, wobei sie vier Spatzen davonjagt, dazu einen Schmetterling und eine Spinne. Genaugenommen fliegt die Spinne nicht davon, sondern stürzt sich ins Wasser und wandelt auf dem Wasser des Flusses wie Jesus auf dem Wasser des Meeres. Seit die Schwarzdrossel ein menschliches Auge gekostet hat, würde sie nichts anderes mehr auf der Welt verspeisen. Sie zieht blaue vor, die sind köstlicher, süßer und zarter, allerdings in diesen Gegenden auch seltener. Oder sonst auch die schwarzen oder die tiefschwarzen. Sie sind zwar ein bißchen hart, haben aber viel Geschmack. Jetzt

späht sie ins Faß und weiß nicht, wo sie anfangen soll, sie hat sechs Augen vor sich, und das bedeutet: ein anständiges Mahl. Allerdings sind sie alle geschlossen. Am Ende nimmt sie ein Ziel ins Visier, hüpft ins Faß und versetzt einen gewaltigen Schnabelhieb. Ein lauter Schrei folgt, der widerhallt wie in einer Glocke und geradeswegs zum Himmel aufsteigt. Die Schwarzdrossel fliegt erschreckt davon. Pannocchia und Carestia fahren sogleich hoch, dieweil Millemosche eine Hand ans angehackte Auge führt und mit dem anderen dicke Krokodilstränen und tausend Verwünschungen weint.
»Wer war das?«
»Wer war was?«
»Der mir ein Auge herausgerissen hat.«
»Ich hab geschlafen.«
»Ich auch.«
»Die blitzeverschlingende Lepra soll ihn holen, der das war!«
»Vielleicht wars ein Vogel.«
»Dann soll die Lepra den Vogel holen!«
»Ein Auge weniger ist nicht gleich der Tod.«
»Wenn ich nicht sterb, werd ich einäugig.«
»Lieber einäugig als gar nichts.«
»Weißt du überhaupt, daß ein Einäugiger alles nur halb siehet? Wenn ich einen Apfel anschaue, sehe ich nur einen halben Apfel, wenn ich eine Frau anschaue, das gleiche, und vom Schwein sehe ich auch nur die Hälfte.«
»Faß dich, mein Freund. Es bedeutet, daß du auch einen Briganten nur zur Hälfte siehest, der dir nachstellt, einen Wolf, der dich fressen will, ein Gewitter mit Blitzen und Donner.«
»Das sagt ihr, um mich zu trösten. Ein Mann mit einem Auge weniger ist kein ganzer Mann nicht mehr.«
»Hör zu, das Auge hast du ja noch. Es ist zwar ein bißchen massakrieret, aber du hast es noch.«
Auch wenn der Schmerz höllisch stark ist, ist Millemosche froh, daß er sein Auge noch hat. Er bekommt es nur mit Mühe auf und sieht alles rot, doch Carestia tröstet ihn und sagt, besser rot als gar nichts. Allerdings muß

man von nun an aufpassen, daß man nicht da schläft, wo Vögel sind. Wenn man an Vögel denkt, denkt man immer an etwas Eßbares, und jetzt ist es genau umgekehrt: sie sinds, die einen auffressen oder doch zum wenigsten ein Auge. Ideal wärs, wenn man nur im Geschlossenen schlafen könnte, möglichst in einem Hause oder auch in einem Heuschober. Niemals unter einem Baume, weil auf dem Baume Vögel sitzen. Doch hier sind wir unter keinem Baume.

»Wo sind wir eigentlich?«

»Im Mittelalter.«

»Das weiß ich selbst. Ich meine den Ort.«

»Sieht aus wie ein Faß.«

»Wenn es ein Faß ist, könnte es möglicherweise voller Wein sein.«

»Hier ist der Pfropfen. Wenn wir ihn herausnehmen, dann sprudelt vielleicht Wein heraus.«

»Laß mich einen Augenblick nachdenken: wenn wir im Faß sind, wie kann dann Wein heraussprudeln? An Stelle des Weines sind wir in dem Faß.«

»Ich sage, daß, wenn wir an Stelle des Weines hier sind, der Wein an unserer Stelle ist, folglich ist es dasselbe.«

»Das ist nicht dasselbe.«

»Dann bist du der Meinung, daß, wenn wir den Pfropfen herausnehmen, wir an Stelle des Weines heraussprudeln? Daß es so nicht sein kann, verstehst sogar du. Ich sage, jenseits des Pfropfens ist Wein.«

»Und wie ist dieser Wein? Rot oder weiß? Ich trinke lieber roten.«

»Wenn wir uns nicht entscheiden, den Pfropfen herauszuziehen, werden wir es nie erfahren, und am Ende wird jemand anderer ihn trinken.«

»Meiner Meinung nach sprudelt überhaupt nichts heraus.«

»Das wirst du schon sehen.«

Millemosche muß ein Stück wegrücken, um den Pfropfen frei zu machen. Er schiebt sich an Carestias Platz und Carestia an den von Pannocchia. Nun sitzt Pannocchia auf dem Pfropfen. Sie helfen ihm beim Aufstehen

im Fasse, das bedenklich schaukelt. Millemosche setzt einen Fuß an die Stelle des Kopfes, den Kopf an die Stelle des Knies, das Knie an die Stelle der Hand und die Hand auf den Pfropfen. Er versucht, ihn zu drehen, ihn herauszuziehen, auf ihn zu hauen, und alles, um ihn zu lockern. Doch dann springt er plötzlich von selbst heraus und eine Fontäne Wassers spritzt herein und durchnäßt sie alle dreie. Millemosche preßt seine Handfläche auf das Loch, weil sich das Faß sonst im Handumdrehen mit Wasser füllen würde, gleichwohl dringet etwas herein.
»Das ist Wasser! Die Lepra soll euch zweie holen!«
»Drück sofort den Pfropfen wieder hinein, sonst gehen wir unter.«

Die Pest am Fenster

Das Faß treibt auf der Strömung mitten durch ein Sumpfgebiet, dann durch riesenhohe Pappelwälder, schwimmt auch unter einer Brücke her und dann durch eine Ortschaft, die aber unbewohnt sein muß, denn man siehet und höret nicht eine Menschenseele. Millemosche, Pannocchia und Carestia schreien und rufen gar laut, doch niemand zeigt sich, so, als wären alle davongelaufen oder auch tot wegen der Pest oder der Cholera. Am Ende sehen sie ein offenes Fenster und eine Alte, die darinnen lehnt, mit gesenktem Kopfe, als würde sie sie betrachten. Sie rufen ihr zu, allein die Alte bewegt sich nicht und noch viel weniger antwortet sie. Da steckt Pannocchia die Finger in den Mund und schickt einen lauten Pfiff zu ihr hinüber, der die Luft durchbohrt. Nichts. Die dreie sehen sich an und haben nicht den Mut, das zu sagen, was sie denken. Eine Schar schwarzer Raben kreist krächzend über den Häusern, und von Zeit zu Zeit stürzt einer hinab in die Tiefe und fliegt zu einem Fenster hinein. Was tut er da? Auf dem Wasser treiben ein paar tote Ratten und Katzen. Auch ein Hund mit

aufgedunsenem Bauche und hervorquillenden Augen. Dann ein Schaf. Millemosche, Pannocchia und Carestia verharren einige Augenblicke still, dann sprudeln ihre Gedanken nur so heraus.
»Ich hab gehört, die Pest wandert mit Ratten und anderen Tieren von einem Orte zum nächsten und von einem Hause zum nächsten über die ganze Welt.«
»Und ich habe gehört, sie wandere auch über das Wasser der Meere und das Wasser der Flüsse.«
»Und auch durch die Luft, die wir atmen. Man sollte nicht atmen, zum wenigsten ganz verhalten, bis wir die Ortschaft hinter uns haben.«
»Und die Lungen?«
»Die hältst du stille für ein Weilchen. Man kann die Lungen so stille halten, wie man die Hände oder die Beine stille hält.«
Millemosche, Pannocchia und Carestia halten den Atem an. Sie werden rot im Gesichte und danach blau, und am Ende wechseln sie von blau zu schwarz. Als sie sehen, daß sie endlich weit weg von diesem Orte sind, fangen sie wieder an zu atmen, indem sie soviel Luft hinunterschlingen wie sie können und finden sie so gut und köstlich wie Schweinefleisch.
»Was für ein Glücke, daß wir die Pest nicht bekommen haben.«
»Bist du da ganz sicher?«
»Todsicher. Die Pestkranken sind nicht wie wir, die erkennt man sogleich.«
»Wie erkennt man, ob einer die Pest hat?«
»Vor allen Dingen hat ein Pestkranker Glöckchen an die Füße gebunden.«
»Und weiter?«
»Und weiter hat der Pestkranke die Pest, und wir haben nichts.«
»Zum Glücke, da sind wir ihr noch einmal entwischt.«
Das Faß ist auf einen Kanal getrieben, welcher Wasser zu einer von hohen silbrig glänzenden Pappeln umstandenen Mühle weit hinten bringt. Neben ihr befindet sich ein großes hölzernes Schaufelrad, das sich, vom Wasser

angetrieben, dreht, denn es handelt sich um eine hochmoderne Mühle, bei der das Wasser die Stelle des Esels eingenommen hat, das heißt, es ist das Wasser und nicht der Esel, der die Mühlsteine zum Mahlen bringt. Der Kanal führt immer schneller zur Mühle hinunter und reißt das Faß mit sich fort. Millemosche, Pannocchia und Carestia begreifen, daß sich etwas ereignet, als sich dieses Etwas bereits ereignet hat: das Faß ist nämlich gegen einen Steinhaufen gerast und völlig auseinandergefallen und hat sie ins Wasser geschleudert. Es gelingt ihnen nicht einmal zu rufen, denn das Wasser dringt in ihren Mund, in ihre Ohren und in viele andere Stellen. Sie versuchen, sich am Wasser festzuklammern, um nicht zu ertrinken.
Millemosche gelingt es, rittlings auf das große Rad zu steigen, das sich dreht und dreht, ihn in die Lüfte schwingt und auf dem Dach der Mühle zurückläßt. Ein großer Lärm von zerbrochenen Dachziegeln ist zu hören und ein Schrei, wie wenn einer abgestochen worden wäre. Millemosche stürzt ins Leere. Pannocchia und Carestia klammern sich ebenfalls an das Rad, schwingen in die Lüfte und landen dort, wo schon Millemosche gelandet war.

Engel oder Teufel

Ein riesiger Raum, mehlstaubgeweißt, große Spinnengewebe, vier Mühlsteine, die sich drehen und den Weizen zermahlen. Auf einer Seite eine große Kiste voll mit Mehl. Wie drei gewaltige Steinbrocken stürzen Millemosche, Pannocchia und Carestia vom Speicher herab, landen in der Mehlkiste und wirbeln eine weiße Mehlstaubwolke auf. Neben einem Mühlstein steht eine Frau und stößt wildes Geschrei aus, dieweil die drei sich in der Mehlkiste herumwälzen. Sie sind völlig durchnäßt, daher klebt sich das Mehl an ihre Kleider und taucht sie

von Kopf bis Fuß in Weiß. Halb blind und Millemosche noch einäugiger als sonst, klettern sie aus der Kiste und suchen tastend nach einem Weg ins Freie. Sie laufen von einer Seite zur anderen, stoßen gegen Wände und Türen, dieweil die Frau davonstürzt, sich versteckt und um Hilfe ruft. Inmitten all diesen Mehlstaubs erscheint ihr Mann, der eine hölzerne Leiter herunterklettert und einen dikken Prügel in der Hand hält. Er wirkt, als würde er hinken, aber er hinkt nicht. Ein Hinkefuß jagt einem immer mehr Angst ein als einer mit gesunden Beinen, und Millemosche, der immer noch herumtastet und sich im Raume bewegt, findet schließlich die Tür. Er stürzt kopfüber ins Freie, gefolget von den beiden anderen. Der Mann klettert eilig die letzten Sprossen herunter und läuft zur Tür, doch statt hinauszueilen und den dreien nachzustellen, schlägt er sie jähe zu und verschließt sie mit einer schweren Türkette, diese Amsel.
»Du hast sie entwischen lassen, du Amsel!«
»Wer waren die?«
»Weiß nicht, vielleicht Teufel. Sie waren völlig weiß und sind vom Himmel heruntergekommen.«
»Wenn sie weiß waren und vom Himmel heruntergekommen sind, warens vielleicht Engel.«
»Nein, nein, Engel können keine Gesichter haben wie diese. Sie waren spindeldürre. Engel sind dick.«
»Wer hat dir gesagt, daß Engel dick sind?«
»Das wissen doch gar noch die Hühner, daß Engel dick sind und Flügel haben.«
»Sind sie geflogen?«
»Nein, heruntergefallen sind sie wie tote Leiber.«
»Trotzdem, wenn sie vom Himmel heruntergekommen sind, waren sie meiner Ansicht nach Engel.«
»Aber siehst du denn nicht, daß sie das Dach durchschlagen haben? Engel sind ganz leicht und schweben. Diese da waren Teufel, das laß dir gesagt sein. Du hättest sie fangen sollen.«
»Willst du etwa, daß ich mich mit Teufeln herumschlage? Weißt du denn nicht, daß, wenn ein Teufel dich auch nur anpustet, er dich in einem einzigen Augenblicke geraden-

wegs in die Hölle expedieret? Und wenn es zufällig Engel gewesen wären und ich hätte sie mit dem Prügel traktieret, wer weiß, was mir dann widerfahren wäre?«
Der Mann kontolliert die Türkette und verschließet dann noch sichrer ein Fenster, weil die dreie, ob sie nun Engel waren oder Teufel, sein ganzes Mehl aufgewirbelt und sein Dach durchschlagen haben und also besser draußen als drinnen aufgehoben sind. Drei, vier Flüche kommen ihm auf die Zunge, doch er schluckt sie herunter, zusammen mit seinem Speichel.

Es wird gegessen

Es mag ein Zufall sein, allein jedesmal, wenn Millemosche, Pannocchia und Carestia etwas zu essen finden, ist auch gleich immer der Herr, der Besitzer in der Nähe. Ist er nicht schon da, springt er im nächsten Augenblicke irgendwo hervor. Das Huhn, das Schwein, der Ochs, das Schaf, das Pferd haben immer einen Herrn. Das Brot, die Polenta, das Mehl ebenso. Auch Äpfel, Kürbisse, Kichererbsen, Bohnen haben einen Herrn, zuweilen aber ist er ziemlich weit entfernt oder er schläft. Der Herr der Tiere dagegen schläft nie. Sollte er zufällig schlafen und wacht auf, weil der Dieb Lärm verursacht, wird er zum bösartigsten aller Herrn. Dann ist er fähig, einen abzumurksen als wärs ein Lachen. Für ein Schwein oder einen Ochs versteht mans ja noch, doch für eine Gans oder ein Huhn zu sterben, ist ein elender Tod. Bleibt die Tatsache, daß essen etwas sehr Schwieriges ist, und wenn einer nicht isset seit geraumer Zeit, ist auch das Entwischen sehr schwierig, und zwar wegen der Beine, die sich nicht mehr auf den Füßen halten. Millemosche, Pannocchia und Carestia jedoch entwischen dennoch, weiß wie drei Gespenster, im Dunkeln, auf einer Landstraße, die mitten hinein in ein Wäldchen führt.

Große Nachtvögel fliegen erschreckt davon und schlagen mit den Schwingen beim Vorüberrauschen. Die dreie verharren mitten im Walde und denken nach. Ihr Gedanke ist folgender: Vögel kann man essen, auch Nachtvögel wie etwa Eulen, Uhus und Fledermäuse. Und sie haben den Vorzug, keinen Herrn zu kennen.
»Warum machen wir kein schönes Feuer und rösten einen dieser großen Vögel?«
»Zuerst müßten wir den Vogel fangen.«
»Schon gut, aber wie sollten wir ihn rösten, wenn wir kein Feuer nicht haben?«
»Einverstanden, machen wir das Feuer, aber wenn wirs gemacht haben, was rösten wir dann?«
»Den großen Vogel.«
»Welchen großen Vogel?«
»Wie soll ich das wissen, bevor wir ihn nicht gefangen haben?«
Millemosche, Pannocchia und Carestia sammeln trokkenes Gestrüpp und Reiser zusammen, um ein Feuer machen zu können. Dann, im Schein des Feuers, laufen sie den Vögeln nach, stöbern sie in Büschen auf, wo sie schlafen, springen hoch in die Luft, landen aber immer wieder mit leeren Händen auf der Erde. Die Sache ist nämlich, daß Vögel fliegen. Daraufhin kehren sie alle drei wieder zum Feuer zurücke. Die Glut und die Asche haben bereits die richtige Färbung und Hitze. Man legt den großen Vogel mitsamt dem Gefieder und allem anderen darauf, bedeckt ihn mit glühender Asche und läßt ihn einige Minuten so da. Wenn man ihn herausholt, ist das Gefieder verbrannt und der Vogel fertig zum Essen. Nichts wird weggeworfen, man isset den Kopf und gar auch noch das Gekröse, denn es ist voll von Wacholderbeeren, und die duften und geben allem anderen ebenfalls ein Aroma. Diesen Gedanken folgend, fängt Carestia an, unter der Asche zu schürfen, doch der große Vogel ist nicht mehr da.
»Wer hat ihn genommen?«
»Wen?«
»Den großen Vogel.«

»Hör zu, du irrest.«
Carestia blickt haßerfüllt auf die beiden Diebe Millemosche und Pannocchia. Seiner Meinung nach haben sie ihn hereingelegt, er weiß zwar nicht wie, doch irgendwie haben sies. Er reißt seine mehlverklebte Kappe vom Kopfe und wirft sie wütend auf die Erde. Die Kappe. Allein, jetzt fängt Carestia an zu lachen, denn ihm ist etwas in den Sinn gekommen, das ihn vor Zufriedenheit lachen läßt.
»Ich hätte da so eine Idee.«
»Welche?«
»Ich weiß nicht, ob ichs euch sage.«
»Sag uns zum wenigsten, wovon diese Idee handelt. Handelt sie vom Essen?«
»Ja.«
»Dann sag sie uns.«
»Also folgendes: wir rösten die Kappe und essen sie dann.«
Carestias Kappe ist mehlverklebt und hat die Dicke eines großen Zehes. Sie hat bereits die runde Form eines Fladens. Und ein schönes Loch in der Mitten. Aussehen tut sie, als wäre sie eigens zum Rösten und Essen gemacht. Carestia legt sie auf die Glut, dieweil Millemosche und Pannocchia ihn aus ihren Augen ansehen. Millemosche scheißet auf alle Vögel, die durch den Himmel fliegen oder in den Büschen versteckt sind und sich nicht haben fangen lassen wollen, dann kniet er nieder und bläst in die Glut, um sie wieder anzufachen. Ein Duft von geröstetem Fladenbrot steigt von der Kappe auf und benebelt die Sinne aller drei, doch Carestia erholt sich sogleich und hebt den Fladen hoch, das heißt die Kappe, um zu sehen, ob er schon gar ist. Noch nicht. Und dieweil sie ausharren, beginnen alle drei, mit der Zunge zu lecken und den Speichel hinunterzuschlucken. Dann nimmt Carestia einen Stock, um die Kappe, das heißt den Fladen zu wenden und ihn auch von der anderen Seite zu garen. Als er gut durch ist, spießt er sie auf und legt sie auf einen Stein. Alle drei sind gründlich verwirrt bei der Vorstellung, daß sie endlich etwas essen können. Doch

sie wußten immer, daß es eines Tages so weit sein würde. Millemosche zieht ein Messer heraus und sagt, er teile es jetzt je zur Hälfte für jeden, und die anderen nicken zustimmend, ohne zu murren. Da nun beginnt er in aller Stille, den Fladen, das heißt die Kappe in zwei gleiche Teile zu zerteilen. Unter Mühen, denn unter dem Mehlteig steckt Stoff. Millemosche nimmt sich die eine Hälfte, dann teilt er die andere in zwei gleiche Teile und gibt die eine Carestia und die andere Pannocchia.
»Eine Hälfte mir, eine Hälfte dir und eine Hälfte dir.«
»Hör zu, meine Hälfte ist kleiner als deine.«
»Auch meine Hälfte ist kleiner, daß dich die Lepra hole!«
»Dann beginnen wir noch mal von vorne: eine Hälfte mir, eine Hälfte dir und eine Hälfte dir.«
Millemosche wiederholt die Aufteilung talis et qualis wie vorher. Carestia und Pannocchia merken, daß irgend etwas nicht stimmt, können aber nicht begreifen, wo der Fehler liegt. Sie wenden die Teile der Kappe, das heißt den Fladen in ihren Händen und vergleichen sie mit dem, den Millemosche fest in seinen Händen verschlossen hält.
»Ich verstehe nicht, warum meine Hälfte kleiner ist als deine.«
»Das wird die Auswirkung des Hungers sein. Ist ja nicht das erste Mal, daß dir der Hunger einen bösen Streich spielt.«
»Auch meine Hälfte ist kleiner.«
»Laßt uns nach dem Essen darüber reden. Wenn ihr Hunger habt, seid ihr zu keinem klaren Gedanken mehr fähig.«
Hastig beißt Millemosche in sein Stück des knusprigen Fladens, das heißt der knusprigen Kappe und fängt an zu kauen. Carestia und Pannocchia sind kein bißchen von dieser Aufteilung überzeugt und hätten Lust zu streiten, allein, sie können nicht länger widerstehen und stopfen sich ihre Stücke in den Mund. Sie schmecken vorzüglich, und beide schlucken sie mit vier Bissen hinunter. Dann sehen die dreie sich an. Darnach ihre Hände. Sie sind leer.
»Ich hab noch Hunger.«

»Ich auch.«
»Das heißt ich hab noch mehr Hunger als zuvor.«
»Versuchen wir zu schlafen, dann vergessen wir den Hunger.«
»Aber wenn ich Hunger hab, kann ich wegen des Magens nicht schlafen.«
»Und ich wegen des Bauches.«
»Wenn du schläfst, schläfst du und hast keinen Hunger mehr. Versuchen wir zu schlafen, versuchen kostet ja nichts.«
Die dreie werfen sich zusammengekauert aufs Gras und machen die Augen zu. Allein, Carestia mahlt noch immer mit dem Kiefer, er kann ihn einfach nicht zum Stillstand bringen. Man hört seine umsonst knirschenden Zähne. Millemosche kann das von der Schwarzdrossel angehackte Auge nicht ganz schließen und bedeckt es daher mit einer Hand, dann streckt er die Beine aus, so, als würde er schlafen, doch weiß auch er, daß er nicht schläft. Pannocchia öffnet ein Auge, um Carestia anzusehen.
»Hör endlich auf zu kauen.«
»Ich kaue solange, wie es mir paßt.«
»Wir haben beschlossen zu schlafen, oder? Also, halt deine Zähne still.«
»Seid still, ich schlafe schließlich. Ich hab einen leichten Schlaf, und wenn ihr redet, wach ich sofort auf.«
»Wenn du redest, ist das ein Zeichen, daß auch du nicht schläfst.«
»Ich rede, weil ihr mich geweckt habt, sonst würde ich schlafen.«
»Schon gut, ich sage nichts mehr, aber du mußt mit dem Schlafen anfangen.«
»Also, ich bin schon eingeschlafen.«
»Das glaub ich nicht.«
»Ich schwöre, ich schlafe wie ein Stein.«
»Du sagst das, als wärst nur du allein in der Lage zu schlafen. Siehst du, auch ich schlafe und ich schlafe sogar fester als du.«
»Dann schlafen wir ja alle dreie. Jetzt sind wir still, sonst wecken wir uns auf.«

Die Kuh

Millemosche, Pannocchia und Carestia schlafen noch immer zusammengekauert auf dem Grase, und man weiß nicht, wieviel Zeit vergangen ist. Der Himmel ist rot, es muß früher Morgen sein oder Abenddämmerung, eines von beiden. Sie würden noch wer weiß wie lange weiterschlafen, allein, von irgendwoher klingt plötzlich eine Kuhglocke. Jäh fahren die dreie hoch, und nach ein paar Augenblicken der Verwirrung öffnen sie die Augen. Vor allem wundern sie sich darüber, daß sie noch leben und die sind, die sie sind, das heißt Millemosche, Pannocchia und Carestia. Dann wundern sie sich, zwei Schreite von ihnen entfernt eine fette, glänzende Kuh mit freundlichen Augen zu sehen. Vom selben Zweifel befallen, blicken sie sich an, bis Millemosche sich wieder ruhig auf dem Grase ausstreckt, als wäre nichts geschehen.

»Geben wir uns keinen falschen Hoffnungen hin wie sonst immer. Wir träumen.«

»Wovon träumst du?«

»Von einer weißen fetten Kuh.«

»Ich auch.«

»Und ich auch.«

»Aber wie ist es möglich, daß wir alle dreie das gleiche träumen.«

»Dergleichen kommt gelegentlich vor.«

»Könnt es nicht sein, daß jemand anderer uns träumt?«

»Was heißt das?«

»Das heißt, wir sind im Traume eines anderen gelandet.«

»Und wer sollte das sein?«

»Ich weiß nicht, jemand, der uns kennt.«

»Und wenns jemand anderer ist, der uns träumt, wo sind dann wir in diesem Augenblicke?«

»Wo wir zum Schlafen Rast gemacht haben.«

»Also hier, denn wir haben hier Rast gemacht. Wenn wir also hier sind, sind wir es.«

»Was hat das damit zu tun? Jemand kann uns träumen, wo es ihm paßt, hier oder anderswo, mit Kuh oder ohne.«

»Also, dann sag ich, diese Kuh ist viel zu fett, um wirklich zu sein. Eine so fette Kuh gibt es nicht. Träume spielen einem diesen Streich, in ihnen ist immer alles viel schöner und fetter.«
»Ich gehe sie jetzt anfassen.«
»Und wenn du sie angefaßt hast?«
»Wenn sie lebendig ist, ist das ein Zeichen, daß wir nicht träumen.«
»Auch in den Träumen scheinen die Dinge wirklich zu sein, doch dann wachst du auf und merkst, daß du geträumt hast und basta.«
»Ich sage, wir irren uns gründlich. Die Frage, die wir uns stellen müssen, lautet: Haben wir Hunger oder nicht?«
»Doch.«
»Dann sage ich, es ist lächerlich, daß wir auch noch im Schlafe Hunger haben. Wir essen sie im Traume auf.«
Carestia hat recht, das muß auch Millemosche zugeben. Alle drei stehen sie auf und gehen mit weit geöffneten Händen auf die Kuh zu. Die Hände legen sich auf den Rücken, auf den Bauch und auf den Kopf des Tieres. Sie streicheln es und betasten es, als würden sie seine Dicke und Fettheit abmessen.
»Ein großes, schönes Tier ists.«
»Ist es ein Traum, dann ist es ein großer, schöner Traum.«
»Doch wir machens nicht wieder wie mit der Kappe. Diesmal wird besser geteilt.«
»Ham, ham.«
»Wir machen uns ganz viele Mettwürste und alle gleich lang. Das werden mehr als zweihundert. Wieviel sind zweihundert Mettwürste geteilt durch drei?«
»Mettwürste geht nicht, die werden aus Schweinsfleisch gemacht. Aus der Kuh macht man Beefsteaks.«
»Werden das zweihundert Beefsteaks?«
»Wohl auch mehr.«
»Sagen wir zweihundert. Wieviel sind zweihundert Beefsteaks geteilt durch drei?«
»Das kann ich nur ausrechnen, wenn ich die Beefsteaks vor mir habe. So, im Kopf, kann ich das nicht.«

Versteckt hinter einem Baum steht ein Bauer, der die drei weißen Männer beobachtet, die sich um seine Kuh herum zu schaffen machen. Der Bauer, das heißt der Herr der Kuh reibt sich zwei-, dreimal die Augen, weil er an diese so weißen und so hageren Männer nicht glaubt. Was führen sie nur im Schilde? Und wer sind sie? So hager und so weiß. Woher kommen sie? Der Bauer zieht seine Mütze auf den Kopf und macht sich in Windeseile davon.

Die Hörner des Teufels

Auf dem Dorfplatz hat sich die Bevölkerung versammelt. In ihrer Mitten steht der Herr der Kuh, und auch der Herr der Mühle ist mit seiner Frau dort. Dann ist da auch noch der Priester mit drei Weibern. Der Hufschmied mit zwei Lehrbuben. Außer dem Priester und den drei Weibern sind alle mit Forken und Knüppeln bewaffnet. Der Hufschmied aber führt ein Schwert mit krummer Klinge, das man ihm zum Richten gebracht hat. Der Priester trägt ein schmiedeeisernes Kreuz, das er wie einen Hammer hält, so daß Jesus mit dem Haupte nach unten weist. Die drei Weiber brummeln irgend etwas, vielleicht, daß sie beten, vielleicht, daß sie fluchen. Allein, in lateinischer Sprache zu fluchen ist schwer. Mithin werden sie beten. Die anderen reden alle durcheinander, und von Zeit zu Zeit bekreuzigt sich jemand.
»Ich hab sie genau gesehen. Es sind drei Gespenster, drei ruhelose Seelen.«
»Trugen sie Hörner?«
»Ja, und zwar sooo lang.«
»Dann sind es drei Teufel aus der Hölle.«
»Die Teufel sind schwarz, diese aber sind weiß.«
»Wenn sie Hörner haben, sinds Teufel. Auch bei Ochsen gibts schwarze und weiße, entsprechend der Rasse.«

»Er hat recht. Wären es ruhelose Seelen, hätten sie mir mein Tier nicht geklaut, weil Seelen nicht essen. Die Teufel aber sind weithin bekannte Räuber, sie schleppen das Vieh in die Hölle und schmurgeln es über dem Feuer.«
»Hatten sie einen Schwanz?«
»Ja, und am Ende des Schwanzes einen Haken.«
»Sie sind vom Himmel gefallen wie drei Blitze. Ich hab eine große Rauchwolke gesehen, dann drei Blitze, und als sie hinausfuhren, erzitterte das ganze Haus.«
»Haben sie etwas gesagt?«
»Es schien mir, ich hätte lateinische Wörter gehört.«
»Kannst du Latein?«
»Nein.«
»Hören wir, was der Priester dazu sagt.«
»Ich sage, es handelt sich um drei Besessene. Wir müssen sie suchen, sie fangen und sofort auf dem Scheiterhaufen verbrennen.«
Die Dorfleut kommen mit dem Priester an ihrer Spitze in die Nähe des Waldes, wo Millemosche, Pannocchia und Carestia ein großes Feuer entfacht haben, um die Kuh zu braten. Millemosche hat ein Stück Kohle in der Hand und zeichnet eine schwarze Linie rund um den Schenkel des Tieres. Pannocchia läuft auf die andere Seite und umzeichnet den anderen Schenkel. Carestia umzeichnet in aller Eile die beiden Schultern. Von einer Stelle zur anderen springend, zeichnen die dreie mit der Kohle den Rükken, den Bauch, den Kopf, den Schwanz und alles andere, bis die Kuh schließlich ganz mit schwarzen Linien bedeckt ist. Und indessen kommt es zum Streite.
»Dieses Stück gehört mir.«
»Und dieses hier mir.«
»Den Rücken habe ich zuerst gekennzeichnet.«
»Der Teil da ist deiner, doch diesen habe ich gekennzeichnet.«
»Die Zunge gehört mir. Der Teufel soll den holen, der die Zunge anrührt.«
»Ich habe den ganzen Kopf gekennzeichnet, folglich gehört die Zunge mir, denn sie gehört zum Kopfe.«
»Die Zunge ist im Maule.«

»Tüchtig. Auch das Maul gehört zum Kopfe.«
»Dann nehm ich mir den Schwanz, der im übrigen auch besser ist als die Zunge.«
»Ich habe den Bauch gekennzeichnet, und daher gehört alles, was da drinnen ist, mir.«
»Im Bauch ist doch nur Scheiße.«
»Und die Leber, das Herz und die Nieren, wo sind die?«
»Die liegen in der Brust, doch die Brust gehört mir.«
»Und doch muß es auch etwas im Bauche geben.«
»Ich habs dir schon gesagt, da gibts nur Scheiße.«
»Das wollen wir sehen.«
Und dieweil sie weiterstreiten, bereiten Millemosche, Pannocchia und Carestia ein großes Gestell über dem Feuer, um die Teile der Kuh zu braten. Diese aber beginnt wohl zu begreifen und versetzt dem Baume, an den die dreie sie gebunden haben, heftige Rucks. Dann hebt sie den Kopf und beginnt ein großes Gemuhe, als wollte sie rufen zu Hülfe, so helfet mir doch.
»Besser ists, sie gleich abzustechen, bevor jemand kommt.«
»Dann ist es an dir, denn du bist Rittersmann und auch erfahrener als wir. Du bist so viele Jahre im Krieg gewesen.«
»Ich habs euch schon einmal gesagt: soll ein Christenmensch abgestochen werden, wäre das nichts, doch eine Kuh, nein, das kann ich nicht. Besser, wir zählen aus, und wer dran ist, ist dran.«
»Gib ja acht, daß du nicht betrügest, wie bei der Kappe.«
»An, dan, des, ich tus nicht, doch du tust es, an, dan, des. Du bist dran.«
»Nein, nein, du hast dich geirrt. Ich hab genau gesehen, daß du mich zweimal ausgezählt hast.«
»Also gut, machen wirs noch einmal. An, dan, des, ich tus nicht, doch du tust es, an, dan, des.«

Feuer und Flammen

Auf Zehenspitzen schleichend und einer sich hinter dem anderen und der andere sich hinter den Bäumen versteckend, kommen die mit Forken und Knüppeln bewaffneten Dorfleute und Bauern, der Priester mit den drei Weibern, der Hufschmied mit den beiden Lehrbuben Schritt für Schritt der Feuerstelle näher, um welche Millemosche, Pannocchia und Carestia stehen und immer heftiger darüber diskutieren, wer die Kuh nun abstechen soll. An, dan, des. Und so kommt es, daß die dreie nichts merken, und als sie es merken, ists zum Entwischen zu spät, denn sie werden mit den auf ihre Bäuche gerichteten Forken zu Boden geworfen, und ihre Knochen krachen wegen der Hiebe und Tritte, die jählings auf sie niederprasseln wie Hagel bei einem Gewittersturm. Anjetzt käme es ihnen sehr gelegen, wenn alles, was geschieht, ein Traum wäre, doch da ist nichts zu machen, sie können nicht aufwachen, denn sie sind schon wach. Eine schlimme Geschichte, mit all diesen Leuten drumherum, die sie für Teufel aus der Hölle halten oder für Besessene oder für ruhelose Seelen. Eines der Weiber, das hinter dem Priester steht, zieht eine Schere hervor. Ihnen müssen auf der Stelle, noch bevor sie auf den Scheiterhaufen kommen, die Augen ausgestochen werden. Die ärgste Gefahr, die von Teufeln ausgeht, liegt in ihren Augen und in ihrem Schwanze. Mit einem Blick können sie dich niederstrecken, und wenn einer ihren Schwanz berührt, wird er selber zum Teufel. Doch diese dreie halten den Schwanz versteckt. Ganz schlau. Die Alte nähert sich und will mit aller Gewalt Millemosches Beinkleider herunterreißen, um ihm den Schwanz abzuschneiden. Doch unterdessen kommt der Mühlenbesitzer heran und hält in der Hand ein Knäuel Schnur.

»Seid vorsichtig, sie fliegen. Wir müssen sie gleich binden, denn sonst fliegen sie auf und davon.«

»Aber warum pfählen wir sie nicht, dann ist es vorbei, und wir verlieren keine Zeit mehr?«

»Machen wir die Dinge, wies sich gehört. Entweder den Pfahl in den Arsch oder den Scheiterhaufen, eines von beiden.«
»Besser der Scheiterhaufen, das ist doch gar kein Vergleich. Beim Pfahle im Arsch lachen die sich doch eins.«
»Da gibts nicht viel zu lachen mit einem Pfahle im Arsch.«
»Ich sag dir, die da haben ein so großes Loch, da würde noch ein Schiffsmast durchgehen. Doch mit dem Feuer verbrennen sie und Amen.«
»Ich bin für den Pfahl im Arsche.«
»Ich bin fürs Feuer.«
Der Priester küßt mehrere Male sein Kruzifix. Er blickt sie aus gewitzten Augen an wie einer, der in seinem Leben schon viele Teufel gesehen hat. Um ihn herum macht sich große Stille breit, und auch die drei Weiber hören auf, ihre Gebete herzukauen, sofern es sich um Gebete handelt, und die mit der Schere versteckt sie unter ihrem Rocke. Der Priester schwingt das Kruzifix in die Luft, als wolle er Carestia, der da auf der Erde liegt, einen Hammerschlag verpassen, und spricht mit einer Stimme, die mit der Ziehwinde aus einem Brunnenschacht heraufzukommen scheint.
»Ihr seid drei vom Teufel Besessene. Ich sehe die Zeichen Satans auf euren Gesichtern.«
»Wir sind nur drei Hungerleider.«
»Warum verbrennen wir sie nicht gleich? Der Ofen ist doch schon angezündet.«
»Nein. Wir müssen einen Scheiterhaufen errichten. Und sie befragen, bevor wir sie verbrennen. Und dann die Asche in alle Winde verstreuen, wenn sie verbrannt sind.«
Millemosche ist zu Tode entsetzt. Pannocchia noch mehr als Millemosche und Carestia noch mehr als Pannocchia. Und Millemosche ist noch entsetzter als alle drei zusammen. Pannocchia öffnet den Mund, um etwas zu sagen, aber nicht ein Sterbenswörtlein kommt heraus, so, als wäre seine Zunge vertrocknet. Carestia fängt an, in alle Richtungen zu treten, doch im nächsten Augenblicke

findet er sich eingeschnürt vom Kopfe bis zum Fuße wieder, wie eine Salami von Felino. Alle drei finden sich verschnürt wieder, dann auf die Forken gehoben und ins Dorf gebracht.
Schwärme großer schwarzer Riesenvögel kreisen über dem Zug dahin, und man sieht, daß sie bereits den Todesgeruch oder so etwas Ähnliches wahrgenommen haben. Es sind Raben, und Raben haben eine besonders feine Nase für derlei Dinge. Sie beginnen zu krächzen und fliegen immer tiefer, und einer kommt gar so nahe, daß er den einen und anderen Schnabelhieb den drei Unglückseligen versetzen kann, welche nun mit vor Angst erstickter Stimme zu jammern beginnen.
»Was habt ihr mit uns vor? Hört zu, ich bin ein Rittersmann, ihr könnt mich nicht verbrennen. Laßt mich einfach gehen oder laßt mich zum wenigsten ein Duell mit einem von euch bestehen.«
»Wir haben nichts Schlimmes getan. Wir sind doch nur drei arme Teufel.«
»Habt ihrs gehört? Sie haben gestanden. Sie haben gesagt, sie sind drei Teufel.«
»Auf den Scheiterhaufen! Auf den Scheiterhaufen!«
»Braten! Braten!«

Tausend Verwünschungen

In der Mitte des Dorfplatzes haben die Bewohner einen großen Holzstapel um einen unendlich hohen Pfahl aufgeschichtet, an welchen sie die Verurteilten binden wollen. Und so werden die Verurteilten dort hingeführt, mit den Forken auf den Holzstapel gehievt und hier mit ganz und gar reißsicheren Schnüren festgebunden. Auf der Spitze des Pfahles haben die Dorfleute ein rot bemaltes Wagenrad angebracht. Niemand kennt den Grund für dieses Rad. Allein, sie haben es andere Male an anderen Orten gesehen und so haben auch sie das Rad

aufgesetzt, damit niemand nicht sagen kann, sie könnten ja nicht einmal einen Scheiterhaufen nach allen Regeln der Kunst zuwege bringen. Bevor sie das Stroh und die Reisigbündel entzünden, die unter dem Scheiterhaufen liegen, hat der Priester noch einige Fragen an die dreie. Es ist zwar kein richtiger Prozeß, aber viel fehlt dazu nicht. Jedenfalls reicht er für die Entscheidung, daß sie verbrannt werden müssen, was im übrigen schon vorher beschlossene Sache war.
»Warum seid ihr so weiß?«
»Wir sind ins Mehl gefallen.«
»Ins Mehl des Teufels.«
»Ach was Teufel, das Mehl war in der Mühle. Da steht der Müller, der kann es bestätigen.«
»Ihr dürft nur schweigen und antworten. Es ist euch nicht erlaubt, Fragen zu stellen oder den Müller oder andere hinzuzuziehen. Also: habt ihr den Satan gesehen?«
»Wir haben gar nichts gesehen.«
»Habt ihr den Satan gesehen?«
»Satan kenne ich nicht und habe ihn nie nicht gesehen, ich weiß auch nicht, wie er beschaffen ist, und meine Freunde wissen das auch nicht.«
»Habt ihr den Satan gesehen? Antwortet! Habt ihr den Satan gesehen?«
»Nein, nein und nochmals nein.«
»Besser wärs, ihr würdet gestehen. Habt ihr den Satan gesehen?«
Die Dinge haben sich so entwickelt, wie sie sich schlechter nicht hätten entwickeln können. Nicht einmal Millemosche hat jemals dem Tod auf Du und Du so gegenübergestanden wie anjetzt. Und er hat die Welt gesehen, hat gegen die Toskaner gekämpft und gegen die Langobarden, und einmal wurde er während einer Schlacht auch am Rücken verwundet. Die schlimmsten Augenblicke seines Lebens gehen ihm durch den Kopf, und er merkt, daß diese Augenblicke nie zu Ende gehen, sie haben die Jahre überdauert. Wie etwa, als er eine Woche lang Würmer gegessen hat, unten, in den Sümpfen von Garavicchio, oder als er sich in einem Flusse wiederfand

und nicht schwimmen konnte. Der Tod, nein, das konnte nicht sein. Was werden die Leute in seinem Dorfe sagen, wenn sie erfahren, daß Millemosche verbrannt worden ist wie eine Hexe? Und was seine Frau? Und was seine Kinder? Zum Glücke hat er keine, doch hätte er welche, was würden sie von einem Vater halten, der auf dem Scheiterhaufen verbrannt wurde?
Millemosche vernimmt ein großes Pfeifen in den Ohren und in seinem Kopfe, das muß der Tod sein, der kommt. Wie sieht er aus? Was für ein Gesicht hat er? Vielleicht bin ich nicht mehr da, wenn er kommt, weil ich schon tot bin, und so ist er der Geprellte. Doch das ist ein recht schwacher Trost verglichen mit dem Leben, das dahingeht. Doch wenn nach dem Tode nun alles wie Rosen und Lilien wäre? Nein, das kann nicht sein. Und jedenfalls weiß Millemosche schon jetzt, daß es für ihn im Paradiese keinen Platz gibt, auch nicht für Pannocchia und Carestia. Dieweil er an alles dies denkt, schreit der Priester weiter: Habt ihr den Satan gesehen, habt ihr den Satan gesehen, und seine Stimme dröhnt über den Dorfplatz. Bis jemand dort ja sagt.
Millemosche und Carestia wenden sich erstaunt Pannocchia zu. Da sieht man, was es heißt, einen Trottel mitzuschleppen. Das heißt, daß, wenn es auch nur einen Schimmer von Hoffnung noch gab, auch diese jetzt futsch ist. Millemosche und Carestia spüren schon die Flammen, die ihnen die Füße verbrennen, und den Rauch, der ihnen in die Nase dringt. Sie schlagen die Augen nieder, um hinzusehen, doch der Stapel ist zum Glücke noch nicht angezündet. Dann also ist es die Wut auf Pannocchias Antwort, die ihnen die Flammen an die Füße schlagen läßt.
»Was sagst du da, was kommt dir denn in den Sinn, daß dich die Lepra hole!«
»Habt ihrs gehört? Sie haben den Satan gesehen! Sie haben gestanden! Jetzt haben wir den Beweis, daß sie Teufel sind!«
»Er hat gestanden, ich aber nicht! Ich habe Satan noch nie nicht gesehen!«

»Und ich auch nicht, zum Teufel nochmal!«
»Nein, wir haben ihn vielmehr zusammen gesehen.«
»Was redest du denn da, du Mistkerl!«
»Das ist die Wahrheit. Wir haben den Satan alle drei zusammen gesehen, da, im Walde. Und wenn ihr mich jetzt losbindet, dann zeige ich ihn euch. Bindet mich augenblicklich los, sonst ruf ich den Satan herbei. Sataaan!«
Indes die Sache mit dem Satan macht die Bauern auch deshalb nachdenklich, weil die Gesichter von Millemosche, Pannocchia und Carestia ganz so aussehen wie die von drei geradewegs aus der Hölle heraufgefahrenen Teufeln. Allein, dieses Aussehen haben sie nur, weil sie fürchten, knusprig gebraten ihr Leben zu beenden. Zudem ist da noch das rote Aug von Millemosche, das nämlich, in welches die Schwarzdrossel gehackt hat. Und dann sind da auch noch seine Rülpser, die von der Kappe kommen: zwar war sie schön geröstet, doch der Stoff ist nur schwer verdaulich. Und dann sind da auch noch die Rülpser von Pannocchia und Carestia, welche mit denen von Millemosche ein sonderbares Konzert abgeben, und dann sind da am Ende noch andere Geräusche von hinten, welche sich mit den Rülpsern vermischen. So kommt es, daß der eine und der andere Bauer langsam forteilt, ohne Aufmerksamkeit zu erregen und vor allem, ohne sich vom Priester erwischen zu lassen. Aber es sind auch andere da, die den Scheiterhaufen unverzüglich entzünden wollen, weil drei brennende Menschen auf einem Scheiterhaufen ein wunderbar großartiges Spektakel abgeben.
»Verbrennen wir sie gleich, bevor der Satan kommt.«
»Entfachen wir das Feuer, so verbrennen wir auch ihn gleich dazu, wenn er kommt.«
»Das Feuer. Entfachet das Feuer!«
»Das Salz!«
»Den Knoblauch!«
»Das Stroh!«
»Das Pech!«
»Den Essig!«
»Das Wachs!«

»Ein Stück Schale von der Schwarznuß!«
Jeder brüllt etwas, der eine dies, der andere das. Am Ende nähert ein Bauer sich dem Scheiterhaufen mit einem Bündel entzündeten Strohes und entfacht das Feuer. Die Reiser beginnen zu knistern, und schwarzer Rauch begleitet die Flammen. Millemosche, Pannocchia und Carestia fangen an zu husten und zu weinen, weil das Unglück darüber, daß der Tod ihnen nun naht, groß ist, und auch weil der Rauch ihnen in den Augen brennt. Carestia, dessen Nase immer noch fleißig herumschnuppert, hat den Eindruck, er würde einen Geruch wahrnehmen, der nicht nur vom Holze kommen kann.
»Jungs, ich rieche den Duft von gebratenem Fleische.«
»Das sind wir, du Trottel!«
Denn in der Tat ist von unten her plötzlich eine Flamme nach oben geschossen und hat die Haut eines Fußes von Millemosche und von Pannocchia angesengt. Und dieser schreit weiterhin aus vollem Halse nach Satan und seiner Hilfe. In die Enge getrieben, beginnt auch Millemosche jetzt nach Satan zu rufen, in der Hoffnung, die Bauern in Schrecken zu versetzen.
»Satan! Satan! Hörest du mich? Komm schnell, Sataaan! Komm herbei!«
»Hoffentlich kommt er noch rechtzeitig!«
»Satan! Sataaan! Komm schnell herbei, Sataaan!«
»Da ist Satan! Schau, da kommt er!«
»Das meinst du doch nicht im Ernste? Pannocchia!«
»Da ist er! Da ist er!«
Millemosche und Carestia blicken um sich, um festzustellen, ob Satan wirklich herbeikommt. Und Pannocchia schreit weiter da ist er, da kommt er endlich, und spuckt dann in die Flammen. Es ist nicht klar, ob dieses Spukken ein Gruß für Satan ist oder ein Versuch, das Feuer zu löschen. Jedenfalls fangen nun auch Millemosche und Carestia an zu spucken, und sie spucken solange, bis ihre Zungen eingetrocknet sind.
Trotz der Hitze, die von unten her aufzusteigen beginnt, spüren sie, wie Schauder über ihren Rücken und den ganzen Körper laufen; vielleicht ist es die Angst vor dem

Tode, vielleicht ist es aber auch die Angst vor Satan, denn eines ist klar: kommt er, nimmt er sie alle dreie schnurstracks mit sich in die Hölle. Nach den Flammen des Scheiterhaufens in den anderen Flammen da unten weiterzubrennen, ist etwas, das Millemosche und Carestia nicht sonderlich mögen, genauer gesagt: sie mögen es überhaupt nicht. Doch mit Pannocchia kann man überhaupt nicht reden, weil er immer weiterschreit und weiterspuckt. Woher er die ganze Spucke nimmt, begreift keiner.

Fast sämtliche Bauern sind weggelaufen. Vier, vielleicht fünf sind beim Priester geblieben, der dort steht und Satan mit seinem Kruzifix in der Hand erwartet, gleich einem Krieger mit dem Schwerte. Hinter ihm knien noch zwei, drei Weiber und halten ihre Augen fest zu, um Satan nicht zu sehen. Inmitten von Donner und Blitzen, welche die Luft erfüllen, hebt der Priester das Kruzifix zum Himmel empor und beginnt, mit lauter Stimme seine Exorzismen auf lateinisch herzusagen.

»Audi, audi, audi, spiritus a Deo verflucte, apostata schmutzissime, stinkissime, serpens feigissime, lupe reißerissime, recognosce sententiam tuam horribilem et poenam terribilem. Mögen zunichte gehant ergo omnes cogitationes tuae in tuum nachteilum et confusionem, o spiritus verflucte, ad laudem Dei et poenam terribilem et expulsionem tuam subitaneam ab haec tres creaturae miserandae.«

Die erbarmungswürdigen Kreaturen sind niemand andere als Millemosche, Pannocchia und Carestia, die sich jetzt in ihren Schnürenschlingen schütteln und winden, weil die Füße ihnen heiß werden und hin und wieder eine Stichflamme, die höher ist als andere, bis unter ihre Nase hinaufzüngelt. Sie sind wirklich in arger Bedrängnis. Doch jählings ergießt sich vom tiefschwarzen Himmel ein wahrer Teufelsregen herunter. Das Holz ächzt unter dem Wasser, die Flammen erlöschen nach und nach und verwandeln sich in einen großen weißlichen Rauch. Der Priester hat mittlerweile seine Exorzismen beendet, weshalb es nicht notwendig ist, daß er sich da vom Regen bis auf die Haut durchnässen läßt, und so eilt er davon, gefolgt von den Weibern. Für Millemosche, Pannocchia und Carestia aber ist das Wasser hundertmal besser als das Feuer. Und so kommt es, daß, dieweil das Feuer erlischt, die durchnäßten Schnüre die Beine und Arme hinunterrutschen. Millemosche gelingt es, eine Hand zu befreien, darnach einen Arm, darnach den anderen Arm, darnach den Bauch, darnach die Beine und zum Schlusse auch den Kopf. Nun lockert sich das Seil, und es gelingt auch Pannocchia und Carestia, sich zu befreien. Jeder macht zwei Sätze, und sie stehen wieder auf der Erde.

Im Laufschritt durcheilen sie das Dorf, ohne auch nur einer Menschenseele zu begegnen, denn die Dorfleute haben sich vor dem Satan und dem Regen in ihre Häuser verschlossen. Sie ziehen aufs offene Land, laufen im Regen, der immer noch aus Kübeln herunterschüttet und unter Windböen über sie hinwegfegt. Sie gelangen zu einer Wiese, dann in einen Wald, sie springen über einen Graben und geraten in ein sumpfiges Gelände, wo sie bis zu den Knien einsinken. Doch dafür sind sie jetzt sicher und genießen den Regen, als wäre er eine Segnung des Himmels.

»Wenn es nicht geregnet hätte, wären wir um diese Stunde durchgebraten.«

»Wasser ist doch das Schönste auf Erden.«

»Wasser ist alles. Hat einer Durst, trinkt er ein wenig Wasser, und der Durst verschwindet.«

»Auch wenn einer Hunger hat, ist Wasser immer noch besser als gar nichts.«

»Im Vergleich zum Wasser, kanns einem vor dem Feuer direkt ekeln.«

»Vor allem kommt das Wasser vom Himmel, dieweil das Feuer von unter der Erde kommt.«

»Und dann: das Feuer senget, das Wasser nicht.«

»Wasser ist bei allen Gelegenheiten im Leben besser als Feuer.«

»Außer wenn du ein Tier braten mußt, dann brauchst du natürlich das Feuer.«

»Schon, aber dann brauchst du auch das Tier. Und wenn dus hast, kannst dus wohl auch im Wasser garen. Und wenn ichs recht überlege, mag ichs gesotten lieber als gebraten.«
»Auch wenn dus gesotten magst, brauchst du immer ein Feuer, daß dich die Lepra hole.«
»In manchen Fällen ist Wasser besser als Feuer.«
»Wenn es regnet, zum Beispiel, ist Wasser einfach widerlich, sofern du kein Dach über dem Kopfe hast.«
»Wenn wir hier noch mehr Zeit verbringen, werden wir noch im Schlamm ertrinken, daß ihn die Lepra hole!«
»Gut, dann gehen wir weg. Obwohl es mir nicht zusagt.«
»Fang du an, und wir kommen dir nach.«
Mit dem Willen versetzt man auch Berge, und Millemosche fängt in der Tat an sich zu bewegen, einen Fuß nach dem anderen. Pannocchia und Carestia folgen ihm. Wohin sie gehen, wissen auch sie nicht, aber sie werden es wissen, wenn sie angekommen sind.

Die Nuß und der Nußbaum

Eine kalte Weltuntergangssonne, ein paar Wolken am Himmel und Schwärme frierender Vögel. Der eine oder andere Schneefleck auf den Bergen und eine große Stille ringsum, so, als wäre die Pest vorübergezogen. Eine grüne Wiese. In der Mitte der Wiese steht ein Nußbaum, und unter dem Nußbaum steht Carestia, der aufmerksam jeden einzelnen der leeren Zweige ansieht. Millemosche, der auf einem Steine sitzt, behält Carestia im Auge, der aufmerksam jeden einzelnen der leeren Zweige ansieht.
»Was schaust du?«
»Obs Nüsse gibt.«
»Wie können Nüsse an den Zweigen sein, wenn nicht einmal Blätter dran sind?«
»Ich für mein Teil kann mit Blättern gar nichts anfangen, ich suche nach Nüssen.«

»Wenn es welche gäbe, würde jemand anderer sie bereits gegessen haben.«
»Weil aber dieser jemand anderer sie nicht gegessen hat, müßte es sie geben.«
»Vielleicht aber hat es auch nie welche gegeben, so daß niemand sie gegessen hat.«
»Hör zu, von wem bist du der Freund, von mir, von irgendeinem oder von irgendkeinem?«
Millemosche sagt ihm, daß es auf der ganzen Welt niemand nicht gebe, der ein größerer Freund wäre, dann wendet er sich ab und kontrolliert Pannocchia, der inmitten von Gras und welkem Laube auf den Knien liegt. Es ist deutlich, daß er nach irgend etwas sucht, allein für den Augenblick hat er nur Gras und trockenes Laub gefunden. Allerdings ist nicht gesagt, daß er durch fleißiges Suchen nicht doch noch eine Nuß findet.
In eben diesem Augenblicke sammelt Pannocchia etwas auf, stopft seine Hand in die Tasche und tut so, als wäre nichts weiter. Allein, Carestia hat ihn gesehen. Er hört auf, den Baum abzusuchen und heftet seinen Blick auf die Tasche. Auch Millemosche hat ihn gesehen. Jäh springt er auf.
»Was hast du dir da in die Tasche gesteckt?«
»Weiß nicht.«
»Wie, du weißt nicht? Ich bin es sicher, du hast eine Nuß gefunden.«
»Möglich.«
»Dann sieh nach, oder?«
»Ich hab nachgesehen.«
»Was ist es?«
»Eine Nuß.«
»Warum sagst du dann, du weißt es nicht?«
»Man kann sich auch irren. Man könnte glauben, man habe eine Nuß gefunden, und statt dessen hat man einen Stein gefunden.«
»Zeig her, dann sagen wir dir, obs eine Nuß ist oder ein Stein.«
»Und wenns ein Stein ist?«
»Wirfst du ihn weg.«

»Nein, nicht mit mir. Wenn ich weiß, daß ich in der Tasche eine Nuß habe, fühle ich mich wohler, als wenn ich in der Tasche einen Stein hätte. Also warte ich.«
»Worauf wartest du?«
»Ich warte ein Weilchen.«
»Hör zu, wir sind zu dritt, und wenn du eine Nuß gefunden hast, dann haben auch wir Anrecht auf unseren Anteil.«
»Ich hab sie gefunden und ich entscheide.«
»Warten läßt mich zur reißenden Bestie werden.«
»Mich auch.«
»In Ordnung, wenn ihr darauf besteht, ziehe ich sie heraus. Aber dann müßt ihr wirklich schon sehr darauf bestehen.«
Millemosche und Carestia bestehen sehr darauf, und am Ende ist Pannocchia bereit. Er zieht die Hand aus der Tasche und streckt die geschlossene Hand den beiden entgegen, die mit offenen Augen warten. Dann öffnet sich die Hand: eine Nuß!
»Eine Nuß!«
»Und was fangen wir jetzt an?«
»Mit einer Nuß kann man nichts anfangen. Sie kitzelt den Hunger, und dann ist es schlimmer als vorher.«
»Man wirft sie weg.«
»Bevor man sie wegwirft, gibt man sie besser einem armen Schlucker.«
»Welchem armen Schlucker?«
»Ich weiß nicht. Ich zum Beispiel bin ein armer Schlukker.«
»Um Himmelswillen, spielen wir jetzt nicht die Klugen mit der Nuß. Was ist schon eine Nuß? Sozusagen gar nichts.«
»Aber ein sehr leckeres sozusagen gar nichts.«
»Na gut, wir werden uns jetzt ja wohl nicht wegen einer Nuß streiten. Mir ist die Freundschaft wichtiger.«
»Freundschaft kann man nicht essen.«
»Die Freundschaft nicht, aber den Freund schon, wenn man großen Hunger hat.«
»Was willst du damit sagen?«

»Daß es besser wäre, wenn du mir die Nuß geben würdest. Gib sie mir.«
Pannocchia blickt Millemosche an, äußerst unentschlossen, ob er ihm die Nuß geben soll. Dann streckt er die Hand aus. Millemosche nimmt rasch die Nuß und feuert sie, wiederum rasch, weit weit weg. Pannocchia und Carestia verfolgen sie mit ihren Blicken, dann laufen sie an die Stelle, wo sie meinen, daß sie heruntergekommen sei. Millemosche dagegen läuft zur anderen, der Nuß entgegengesetzten Seite davon. Als die beiden es bemerken, ist Millemosche schon weit. Sie sehen, wie er über einen Graben springt, über eine Hecke fliegt, eine Wiese überquert und in einem Eichenwald verschwindet.
»Millemosche ist weggelaufen.«
»Wie kommts?«
»Meiner Meinung nach hat er sich die Nuß eingesackt.«
»Und was machen wir jetzt?«
»Was sollen wir schon machen? Wenn er wegläuft, müssen wir ihm nach.«
Pannocchia und Carestia laufen in die Richtung, in der Millemosche verschwunden ist, springen über den Graben, fliegen über die Hecke, überqueren die Wiese und verschwinden im Eichenwald. Sie legen einen weiten Weg zurück, sowohl einen abschüssigen als auch einen ansteigenden, gelangen auf die andere Seite eines Berges, hin und wieder sehen sie von ferne Millemosche, der immer noch läuft und läuft. Und was, wenn es statt Millemosche jemand anderer wäre, von so weit aus gesehen? Die Welt ist voll von Menschen, die weglaufen, vor allem dann, wenn es jemanden gibt, der ihnen nachläuft.

Eine Wiese mit Schafen

Vor lauter Rennen und Gehen sind Pannocchia und Carestia völlig entkräftet, doch wenn sie innehalten, spüren sie, wie eine große Kälte in ihre Knochen dringt. Sie versuchen ihre Finger und Zehen durch Atem aufzuwärmen, allein, auch der ist kalt, weil er aus einem leeren Bauche kommt. Erst wenn einer tüchtig gegessen hat und rundum satt ist, so erklärt Carestia, stößt er warmen Atem aus. Indes, von Kälte mögen sie nichts mehr hören, und so bleibt ihnen nur, sich die Ohren zu verstopfen, so höret man nichts mehr und Amen. Carestia besitzt darin eine gewisse Übung, und Pannocchia wäre ja auch seiner Meinung, wenn er nicht anderer Meinung wäre. Vor allem, weil er sich von Millemosche nicht geschlagen geben will, welcher sich mit der Nuß auf und davon gemacht hat, und dann auch, weil er, wohl oder übel, an die Zukunft denkt.
»Wir können hier nicht den ganzen Winter mit verstopften Ohren vertrödeln.«
»Ich versteh nicht, was du sagst.«
»Wenn du die Ohren nicht aufmachst, kannst du mich nicht verstehen.«
»Was?«
Um zu zeigen, was er meint, steht Pannocchia auf und geht weiter. Carestia steht auf und geht hinter ihm her, und zwar leicht verärgert, denn er ist der Meinung, daß Entscheidungen gemeinsam getroffen werden müßten. Schon Millemosche hat ihm übel mitgespielt, und jetzt fängt auch noch Pannocchia an. Sie gehen eine ganze Weile, ohne miteinander zu sprechen, und versuchen, immer den abschüssigen Weg zu nehmen, weil sie gar müde sind und weil mit großer Sicherheit auch Millemosche die abschüssigen Wege genommen haben wird. Sie gelangen in ein leuchtendgrünes Gebiet, eine weite Ebene, übersät mit Heilkräutern und Stechginster. Und inmitten all diesen Grüns sehen sie eine große Herde schneeweißer Schafe. Pannocchia und Carestia bleiben jählings stehen. So viele Schafe auf einmal haben sie ihrer Lebtage noch nie gesehen.

»Das sind doch Schafe oder sollte ich mich täuschen?«
»Sei still, das sind doch Schafe, daß dich die Lepra hole!«
»Weißt du, daß sie sehr lecker schmecken?«
»Wir nehmen eines für jeden.«
»Ich nehme mir zweie.«
»Ich mir dreie.«
»Aber warum nehmen wir sie dann nicht gleich alle? So haben wir für ein Jahr reichlich zu essen. Wenn wir jedesmal eines essen, merken sies nicht einmal.«
»Gut ist auch die Milch vom Schafe. Und auch der Schafskäs.«
»Und auch die Wolle. Ich mache mir gleich zwei Matratzen.«
»Warum zweie?«
»Eine für drunter und eine für drüber.«
»Mit dem Leder vom Schafe kann man feine Wämslein machen. Das Fell kehret man nach innen, so schützt es vor Kälte und Regen.«
»Doch werden sie nicht fortlaufen, wenn sie uns sehen?«
»Wenn wir auf allen vieren gehen, halten sie uns vielleicht für Vierbeiner.«
»Doch folgen sie uns dann überall dahin, wohin wir wollen?«
»Wenn sie nicht dahin folgen, wohin wir wollen, können wir dahin folgen, wohin sie wollen.«
Pannocchia und Carestia werfen sich auf die Erde und nähern sich der Herde auf allen vieren, dergestalt, als wären sie selber Schafe. Hin und wieder richten sie ihren Kopf nach oben, um nachzusehen, und die Schafe sind noch da, sie bewegen sich nicht und sagen keinen Ton nicht. Vielleicht schlafen sie. Doch Pannocchia macht Carestia ein Zeichen, er solle unten bleiben und schweigen, man könne ja nie wissen. Wie Schafe auf allen vieren kommen sie noch näher. Sie zerkratzen sich Hände und Knie, allein, sie merken nichts vom Schmerze, sie merken überhaupt nichts, nicht einmal die Kälte, die ihre Ohren erstarren läßt. Nun haben sie sich bis auf wenige Schritte an sie herangemacht. Sie tauschen einen Blick, springen dann beide zugleich auf und stürzen sich mit

gesenktem Kopfe nach vorn, beide jeweils ein Schaf im Auge behaltend. Carestia schlägt mit seinem Kopf fest an etwas Hartes.
»Das ist ein Stein, daß dich die Lepra hole!«
»Auch meines ist ein Stein.«
»Dann sag ich dir, worum es hier geht: wir haben uns geirrt.«
»Sie haben nur so getan, als wären sie Schafe.«
»Wer?«
»Die Steine.«
»Was für Steine?«
»Die Schafe.«
»Was für Schafe?«
»Wie soll ich das wissen, wo es doch Steine sind?«
Die Wiese ist übersät mit großen weißen runden Steinen, die Wind und Wetter glattgeschliffen haben. Sie sehen aus wie Schafe, haben aber keine Wolle und sind nicht gut zu essen. Da essen Pannocchia und Carestia Kräuter, und zwar dergestalt, wie sie sonst die Schafe gegessen hätten, so es welche gegeben hätte. Und die Kräuter waren Zichorien, Rugette, Hahnenfuß und Hundszunge. Als sie den Blick von der Wiese aufheben, sehen sie dort hinten, an eine Tuffsteinwand gelehnt, ein Bretterhäuschen, aus dessen Schornstein ein Streifen Rauchs aufsteiget.
Pannocchia und Carestia nähern sich umsichtig und voller Argwohn. Als sie dort angekommen sind, versuchen sie, die Türe aufzustoßen. Allein, sie ist verschlossen. Sie schleichen um das Häuschen und entdecken, daß auch das kleine Fenster verschlossen ist. Noch einmal geht Pannocchia um das Häuschen und blickt durch einen Ritz in der Haustüre. Jäh fährt er zurücke und macht Carestia ein Zeichen, er möge kommen und auch sehen. Was sie da sehen, läßt sie bei offenem Munde, doch ohne Worte. Dann setzen sie sich nieder, um wieder zu Luft zu kommen.
»Wie wird es dieser Mistkerl von Millemosche wohl angestellt haben, eine so schöne Frau zu finden?«
»Wie soll er das wohl angestellt haben? Er hat sie zufällig und zum Glücke gefunden, gleichwie man Pilze findet.«

»Warum klopfen wir nicht an?«
»Sinnlos, der macht nicht auf.«
»Was machen wir also?«
»Warten, bis er fertig ist.«
»Braucht er lange?«
»Es gibt bestimmte Männer, die, wenn sie eine Frau finden, an ihr kleben bleiben und nicht mehr von ihr loskommen.«
»Ja, und?«
»Wir sollten trotzdem warten. Auch weil ich wissen will, was mit der Nuß geschehen ist.«
»Könnt sein, daß sie sie beide gegessen haben, er und die Frau.«
»Elendsschufte.«
»Da siehst dus. Und da soll man Vertrauen haben zu seinen Freunden.«
»An Freundschaft glaube ich nicht. Wenn dus richtig bedenkst, sinds am Ende immer die Freunde, die dich bescheißen.«
»Da hast du recht, Freunde sollte man alle abmurksen.«
Pannocchia und Carestia kauern sich auf einem Haufen Stroh zusammen und halten sich eng umschlungen, um sich zu wärmen. Sie machen die Augen zu, denn sie wissen, daß, wer die Augen schließt, am Ende auch einschläft. Und so schlafen sie denn auch ein.

Die schöne Figgeline

Mag sein, daß er draußen etwas gehört hat, wie etwa Pannocchias und Carestias Geschnarche, mag sein, daß er mit der Frau zu Ende gekommen war: Millemosche öffnet die Türe und zeigt sich mit einem abgekämpften Gesichte in der frischen Luft. Er setzt sich in der Nähe von Pannocchia und Carestia nieder, die gerade erst aufgewacht sind und ihn mit Bocksaugen anblicken,

so wie man einen Verräter anblickt. Dann stehen sie auf und zählen untereinander aus.
»An, dan, des, du tusts nicht, doch ich tu es, an, dan, des.«
Carestia ist an der Reihe, der sich schon die Hände reibt, die Lippen leckt und auf die Tür des Bretterhauses zugeht, um einzutreten. Da macht Millemosche einen Satz, stellt sich ihm in Kreuzeshaltung entgegen und versperrt ihm den Weg.
»Was hast du vor?«
»Laß mich vorbei, jetzt bin ich an der Reihe.«
»Nein, keiner von euch beiden ist dran. Figgeline gehört mir.«
»Hör zu, Figgeline gehört uns dreien.«
»Wer sie berührt, den murks ich ab.«
»Bist du etwa von Sinnen?«
»Ja, so von Sinnen, daß ich gefesselt gehöre.«
Carestia setzt sich mit Pannocchia wieder auf den Strohhaufen nieder. Millemosche dagegen bleibt verzaubert und verträumt stehen, seinen Blick scharf auf Pannocchia und Carestia gerichtet. Millemosche hat sich so verändert, daß er ein anderer, ein bösartiger Mensch zu sein scheint. Wenn eine Frau das aus einem macht, dann ists besser, man hält sich von Frauen ferne. Oder sie wird doch nicht zufällig eine Hexe sein? Aber sind Hexen nicht buckelicht und haben eine Hakennase und sind alt? Dagegen ist die hier ganz jung und sehr hübsch, zum wenigsten von hinten, wo sie sie durch die Türritze gesehen haben.
»Wir haben immer alles geteilt.«
»Figgeline wird nicht geteilt.«
»Dann laß sie uns wenigstens berühren. Nur mit den Händen.«
»Figgeline darf nur ich berühren.«
»Also, dann laß uns folgendes machen: du zeigst sie uns nackigt, und wir sind es zufrieden.«
»Nein.«
»Am Fenster, von weitem, nur einen Augenblick lang.«
»Lieber bring ich euch beide um.«

»Versuch nur, uns umzubringen, dann zeigen wir dir, was wir mit dir machen. Freunde freund und Feinde feind.«
»Eine Frau wie Figgeline könnt ihr nicht begreifen.«
»Wir haben begriffen, daß du den Kopf verloren hast.«
»Ich hab den Kopf für Figgeline verloren, richtig, aber das paßt mir so in den Kram, mit verlorenem Kopfe. Ich sehe Blümelein überall, um nur eines zu nennen. Sehet ihr die Blümelein auch?«
»Nein.«
»Sobald ich nur um mich blicke, sehe ich Blümelein rot, Blümelein blau, violette, weiße, himmelblaue Blümelein, Blümelein in allen Farben.«
»Das liegt am Hunger.«
»Das ist nicht der Hunger, sonst würde ich Äpfel sehen.«
»Dann wirds die Müdigkeit sein.«
»Nein, nein, ich bin ja bis eben im Bette gewesen.«
»Dann ist es eben die Kälte.«
»In meinem ganzen Leibe lodert ein Feuer.«
Pannocchia und Carestia begreifen nichts mehr, sie wußten nie, daß eine Frau eine solche Wirkung auf einen Manne haben kann. Sie gehen auf Millemosche herzu und befühlen seine Stirn. Sie glühet, als hätte er Fieber. Ein Schlimmes ist es ums Fieber. Sehr schlimm. Was machen wir also? Millemosche schwillt auf und schwillt auf und dann bricht er in Tränen aus. Die anderen beiden treten bestürzt einen Schritt zurücke.
»Daß dich die Lepra hole!«
»Ihr tanzt mir auf den Eiern rum!«
»Und du auf meinem Schwanze!«
»Und ihr auf meinen Klöten!«
»Hör zu, auf den Eiern rumtanzen oder auf den Klöten ist das gleiche.«
»Warum bist du traurig?«
»Ich bin traurig, weil ich weine, aus keinem anderen Grunde.«
»Dann lach doch.«
»Das liegt nicht an mir.«
»Woran liegt es dann?«
»Ich glaub, das ist die Liebe.«

»Was hast du da gesagt?«
»Die Liebe.«
»Wie meinst du das?«
»Habt ihr nie davon gehört? Das widerfährt einer Frau um eines Mannes willen und einem Manne um einer Frau willen. Mir ist es um Figgelines willen widerfahren.«
»Das heißt, sie gefällt dir ausnehmend gut.«
»Die Liebe ist etwas anderes.«
»Kannst du uns das nicht erklären?«
»Zum Beispiel läßt sie dir den Kopf taumeln.«
»Ach, der Kopf taumelt einem, wenn man Hunger hat.«
»Schon, allein, wenn du Hunger hast, taumelt dir der Kopf und du glaubst zu stürzen. Diesmal aber taumelt mir der Kopf und ich glaube zu fliegen. Diese Art Taumel habe ich noch nie nicht kennengelernt.«
»Auch nicht bei deiner Frau?«
»Niemals nicht.«
»Und die Nuß? Welches Ende hat sie gefunden?«
Millemosche steckt eine Hand in die Tasche und ziehet die Nuß hervor. Er läßt sie wortlos zur Erde fallen. Panocchia liest sie sofort auf, steckt sie in die Tasche, und Carestia:
»Die Hälfte ist mein.«
»Ihr müßt sie zur Hälfte teilen.«
»Willst du deinen Teil nicht?«
»Ich habe keinen Hunger.«
»Eigentümlich.«
»Wieso eigentümlich? Es bedeutet, daß er gegessen hat. Sag ehrlich, Millemosche, hat dir deine Figgeline was zu essen gegeben?«
»Hühnereier hab ich gegessen.«
»Hm, lecker, die Eier.«
»Es wird ja hoffentlich das eine und andere auch für uns noch übrig sein.«
»Unter einer Voraussetzung.«
»Welcher?«
»Figgeline gehört ganz allein mir, wehe dem, der sie berühret.«

»Einverstanden, aber dafür gibst du uns täglich zwei Eier, eines für jeden.«
»Abgemacht.«
»Wo Eier sind, sind auch Hühner. Wo sind sie?«
»Die Hühner rühret keiner an, sie müssen Eier legen. Und außerdem hat sie sie im Hause mit einer Schnur festgebunden, wegen der Diebe.«
»Laß uns zum wenigsten eines stehlen.«
»Nein.«
»Wir lassen dir Figgeline.«
»Mir Figgeline, euch die Eier.«
Pannocchia und Carestia schlagen in Millemosches Hand ein, um den Eierpakt zu besiegeln. Millemosche bleibt still dort stehen, den Blick starr ins Leere gerichtet, wie ein Dromedar, mit dem Unterschied, daß das Dromedar in Afrika lebt und er in Italien.
Pannocchia und Carestia sind wegen der Eier sehr zufrieden. Doch Millemosche erstaunt sie immer mehr, der jetzt etwas tut, was er noch nie getan hat, seit sie ihn kennen. Er beginnt zu singen. Indes, von keinem Liede kennt er die Worte, und so quillen aus seinem Munde nur sonderbare Verse, ein wenig klagend, wie die, die ein Priester bei einer Beerdigung murmelt.
»Was tust du da?«
»Ich singe.«
»Wer hat dir das beigebracht?«
»Sie.«
»Und du singst gern?«
»Unendlich gern. Wir singen immer. Statt zu reden, singen wir.«
»Heilige Nudel, muß das ein schönes Leben sein.«
»Wunderschön.«
»Und sie ist es zufrieden?«
»Sie ist immer da und wartet auf mich mit offenen Beinen, wie ein Engel auf dem Altare.«
Millemosche kehrt in das Bretterhäuschen zurücke und verriegelt die Tür mit der Kette. Eine Weile hört man sie singen, ihn und Figgeline, darnach Geräusche, welche die Erde zum Erbeben bringen, und die Klagen Figgelines

und die Schreie Millemosches. Es besteht kein Anlaß, derart zu schreien. Pannocchia und Carestia sammeln den Haufen Stroh auf und verbringen ihn hinter das Haus, um nicht hören zu müssen. Danach zieht Pannocchia die Nuß hervor und schlägt sie mit einem Stein unter Carestias aufmerksamen Blicken auf. Das Innere besteht aus vertrocknetem, mit Schimmel überzogenem Schwarz. Gleichwohl zerteilt Pannocchia sie in zwei Hälften, und jeder wirft seine Hälfte eigenhändig weg. Dann kauern sie sich auf dem Stroh zusammen, um zu schlafen, und sie schlafen.

Wo das Ei ist, ist auch die Henne

Den ganzen Tag lang sitzen Pannocchia und Carestia zusammengekauert im Stroh und warten auf die Eier, welche Millemosche ihnen zum Fensterchen hinausschiebt. An manchen Tagen sind es zweie, an manchen Tagen dreie, an manchen Tagen gar nichts. Nach einiger Zeit halten es Pannocchia und Carestia vor Hunger und Wehmut nicht mehr aus. Dann ist es doch besser, durch die Welt zu streifen, als dazusitzen und den Bettler zu machen. Was hat Millemosche eigentlich für eine Vorstellung von Freundschaft? Glaubt er etwa, klüger zu sein als sie, nur weil er eine Frau gefunden hat? Das ist doch keine Klugheit. Ist es das aber nicht, was ist es dann? Ihre schlechte Laune nimmt zu. Auch weil Millemosche sich gelegentlich auf ihre Kosten amüsiert. So steckt er an einem Tag die Hand heraus und läßt zwei Eier ins Stroh gleiten. Panocchia und Carestia stürzen herzu und merken, daß es zwei leere Schalen sind. Sie zertreten sie unter den Füßen. Nach den zwei leeren Schalen schickt ihnen Millemosche zwei richtige Eier, sie aber glauben, es seien wieder zwei leere Schalen und zertreten auch diese. So müssen sie sich an diesem Tag damit zufriedengeben, die fetten Kräuter zu essen, welche auf dem Tuffstein wachsen, oder bestimmte Pilze, welche um den Stamm einer dicken Ulme aus dem Boden schießen.

»Er ißt, er trinkt und amüsiert sich, und wir warten hier von morgens bis abends wie zwei Bettler. Das alles für zwei Eier am Tag. Glaubst du, er hätte uns auch nur einmal ein Stück Huhn oder zum wenigsten einen Bissen Polenta verkosten lassen? Nichts.«

»Ich habe beschlossen, daß ich vielleicht weggehe.«

»Recht hast du, ich geh auch mit. Wenn Millemosche mit uns kommen will, schön, andernfalls umso schlimmer für ihn.«

»Ich hab immer gesagt, die Frauen sind der Männer Ruin.«

»Worüber beklagt ihr euch?«

Das ist Millemosches Stimme. Er stellt diese Frage, als er unerwartet hinter Pannocchia und Carestia auftaucht. Die beiden drehen sich um und blicken ihn bitterböse an. Um es gleich zu sagen, das ist keine Art, heimlich im Rükken von Personen aufzutauchen und ihre Gespräche mitzuhören. Zweitens:

»Wir haben beschlossen, daß wir aufbrechen. Du kannst ja tun, was du willst, wenn du hier bleiben willst, bleib nur hier. Wir gehen weg. Wir sinds leid, hier zu verweilen und darauf zu warten, bis du dich bequemest, uns deine Überreste hinzuwerfen.«

»Ihr habt doch noch nie soviel in eurem Leben gegessen! Sogar noch Käse.«

»Die Rinden.«

»Dieser Käse ist eben so gemacht, lauter Rinde.«

»Das ist unmöglich. Wenns eine Rinde gibt, dann gibts auch, was drinnen ist. Und wer ißt, was drinnen ist?«

»Wir wollen uns jetzt doch wohl nicht wegen zwei Stück Käserinde streiten?«

»Ich streite mich um das, was drinnen ist, nicht um die Rinden.«

»Das ist dasselbe. Ich sage, daß, wenn wir Freunde sind, wir uns nicht streiten dürfen, was für Freunde wären wir denn sonst?«

»Dann nehmen wir nur die Frau. Wir haben dir gesagt, laß sie uns vom Fenster aus sehen, laß sie uns wenigstens einmal nackigt sehen. Aber du, nichts.«
»Alles, was ich für euch tun kann, ist, sie euch mit Worten beschreiben.«
»Hören wir also die Worte.«
»Die Füße sind so klein, daß sie in eine Hand passen.«
»Warum fängst du bei den Füßen an? Fang mit irgendeinem anderen Teil an.«
»Ich fange unten an und dann gehe ich nach oben.«
»Kleine Füße sagen mir überhaupt nichts.«
»Die Beine lang und dick.«
»Und zwischen den Beinen?«
»Übergehen wir das zwischen den Beinen.«
»Und die Brust, wie ist die?«
»Schön.«
»Und weiter?«
»Hart wie ein Stein.«
»Glatt?«
»Glatt.«
»Weiß?«
»Weiß.«
»Wir sagen dir ja alles vor.«
»Was wollt ihr denn wissen? Stellet Fragen, und ich antworte euch.«
»Erzähl uns was von ihren Härchen.«
»Sie sind schwarz.«
»Und weiter?«
»Glänzend.«
»Lang?«
»In ihnen verirre ich mich als wie in einem Wäldchen.«
»Heiliger Schwanz.«
»Sag nicht ›heiliger Schwanz‹, wenn über Figgeline gesprochen wird.«
»Erzähl uns noch was anderes.«
»Das reicht, sonst werd ich eifersüchtig.«
Millemosche steht auf und macht zwei, drei Sprünge, um die Glieder zu recken, gleich jemandem, der zu Pferde gereist ist. Noch nie hat er sich so sehr als Ritter gefühlt

wie jetzt, da er Figgeline hat, gar nicht zu vergleichen mit einem Rosse. Das ist ein schönes, wildes Reiten mit Figgeline, Hügel und Berge, grüne Wiesen und Wäldchen. Pannocchia und Carestia hören mit weit aufgesperrten Ohren zu.

Figgeline nackt

Pannocchia erblickt eine Margerite so groß wie ein Mühlrad, einen Riesenklatschmohn, der ringsumher einen schönen roten Schatten wirft, eine Kürbisblüte so hoch wie ein Glockenturm. Jasmine, rote und gelbe Rosen. Auch die Bäume stehen alle in Blüte, als wäre man mitten im Frühling, Kirschen, Pfirsiche, Äpfel, und sogar die Eichbäume haben ihre Zweige mit Blüten bedeckt. Pannocchia geht barfüßig über die Wiese, zieht die Luft tief durch die Nase ein, um all die Düfte all dieser Blüten einzuatmen, und er fühlt sich, als hätte er eine Flasche Weines getrunken. Das Paradies muß wohl so sein, voller Blüten und Düfte. Nur daß im Paradiese, nach Pannocchias Meinung, auch viele Schinken und Käsesorten auf der Erde verstreut liegen müßten, und zwar dergestalt, daß, wenn einer Hunger hat, er sich niedersetzt und in ein schönes Stück Käse oder in einen Schinken beißt. Pannocchia blickt hoffnungsvoll zur Erde, doch er sieht nur Gras, und da begreift er, daß dies noch nicht das Paradies ist, auch wenn es ihm auf den ersten Blick ähnlich ist. Dieweil er über die Wiese geht, stößt er auf einen schönen viereckigen Stein und setzt sich nieder. Und just in diesem Augenblicke kommt ein Vogel mit gelbem und blauem Gefieder geflogen, umkreist ihn und pickt ihn auf den Kopf, als hätte er eine Botschaft für ihn. Pannocchia wendet sich ein wenig um und sieht etwas, das ihn vor Verwunderung erstarren läßt. Unter einer riesengroßen Kürbisblüte liegt Figgeline, vollkommen nackt, und lächelt ihm zu. Pannocchia reibt sich die Augen, dann blickt er nochmals hin für den Fall, daß er sich getäuscht haben sollte. Aber es ist wirklich sie, Figgeline, wunderschön und nackt vom Kopf bis an den Fuß. Sie spricht singend zu ihm, und – ein merkwürdiger Umstand – so, wie er seinen Mund aufmacht, merkt Pannocchia, daß auch er singt.

»Komm, Pannocchia.«

»Wohin?«

»An einen wunderschönen Platz.«

»Warum bleiben wir nicht hier? Es ist so schön hier.«

»Noch schöner ist der Platz, den ich meine.«

»Bist du auch sicher, daß dies kein Scherz ist?«

»Wenn du mir nicht glaubst, rufe ich Millemosche und gehe mit ihm fort.«

»Nein, nein, ich komme ja schon.«

Pannocchia folgt ihr. So kommt es, daß er sie, nachdem er sie nackt von vorne gesehen hat, nun auch nackt von hinten sieht. Er macht ein paar Schritte, um ihr näherzukommen, doch wenn er ihr näherkommt, entfernt sie sich. Da fängt er an zu laufen, und Figgeline fängt ebenfalls an zu laufen. Pannocchia stürzt sich in die Verfolgung, macht Sprünge, fliegt über Hecken, und endlich gelingt es ihm, Figgeline bei einem Beine zu fassen. Gemeinsam fallen sie im Schatten der Blüten und Blumen zur Erde, allein jetzt, wo er die Frau in Reichweite hat, weiß er nicht mehr, was er machen soll. Er ist so durcheinander, daß er sich an nichts mehr erinnert, vor allem weiß er nicht, wo man beginnt. Und so nähert er sich mit seinem Munde einem von Figgelines Schenkeln, berührt hauchzart mit den Lippen die fette Haut und dann beißt er tief hinein. Durch die Luft fährt ein hoher Schrei, und gleich darauf spürt Pannocchia eine Faust in seinem Gesichte, die seinen Kopf zur anderen Seite schlägt. Er öffnet die Augen und befindet sich auf dem Strohhaufen, eng an Carestia geklammert, der die Faust noch immer erhoben hält und ihm gleich noch einmal einen Schlag versetzen will.

»Was fällt dir ein, mich zu beißen?«

»Aber wo ist sie hin?«

»Sie wer?«
»Figgeline.«
»Wo soll sie schon hin sein? Sie ist im Hause. Sieh nur, wie du mich gebissen hast.«
Carestia zeigt ihm einen Schenkel, in welchem noch die tiefen roten Bißspuren von Pannocchias Zähnen zu sehen sind. Dann war es also ein Traum. Die Blüten, die Blumen, Figgeline und alles andere. Doch sei es wie es sei, Traum oder nicht Traum, er hat sie nackt gesehen. Pannocchia erhebt sich immer noch ganz traumabwesend vom Stroh.
»Carestia! Ich hab sie nackigt gesehen!«
»Wen, nackigt?«
»Figgeline!«
»Warum hast du mich nicht dazugerufen?«
»Wie konnte ich das, wo ich doch schlief?«
Da nun tritt Millemosche aus dem Bretterhäuschen, er fuchtelt mit den Armen und Händen, wie er es macht, wenn er sehr verärgert ist, und pflanzt sich von Angesicht zu Angesichte vor Pannocchia auf.
»Sags nochmal, was du gerade gesagt hast!«
»Ich habe Figgeline nackigt mitten auf einer Wiese gesehen.«
»Das ist nicht wahr!«
»Was heißt, das ist nicht wahr? Sie war nackigt mit allen Haaren im Winde. Ich kann dir sagen, wie sie beschaffen ist, und zwar Stück für Stück.«
»Figgeline ist immer bei mir im Hause gewesen.«
»Vielleicht hab ich sie im Traume gesehen.«
»Ich erlaube dir nicht, von meiner Frau nackigt zu träumen.«
»Ich hab ja schon von ihr geträumt.«
»Sag mir, daß es nicht sie war.«
»Nein, nein, das war sie. Da bin ich mir ganz sicher.«
»Tut mir leid für dich, aber ich bin fähig, dich umzubringen.«
»Schon gut, ich träume nimmermehr von ihr, zum wenigsten nicht nackigt.«
»Auch nicht bekleidet.«

»In Ordnung, ich träume auch bekleidet nicht mehr von ihr, daß dich die Lepra hole!«
Millemosche kehrt in die Holzhütte zurücke und betrachtet die schlafende Figgeline. Er betrachtet sie argwöhnisch, wie man eine Ehebrecherin betrachtet. Je länger er sie betrachtet, umso schlimmer wirds, der Argwohn wächst und steigt ihm zu Kopfe. Im Traume oder im Wachen, Ehebruch bleibt Ehebruch. Sie hat sich nackigt ansehen lassen, mit allen Härchen im Winde, so jedenfalls hat es Pannocchia erzählt. Millemosche spürt ein Kribbeln in der Hand, dann entfährt sie ihm und gibt Figgeline eine schallende Ohrfeige. Die Eifersucht ist eine wilde Bestie, das wird auch ihm bewußt, doch nun ist die Ohrfeige ausgeteilt und kann nicht mehr rückgängig gemacht werden. Da wirft er sich auf die Knie und bittet um Verzeihung für was?
»Für die Ohrfeige.«
»Was für eine Ohrfeige?«
»Die dort, auf dem Bette, dieweil du schliefst.«
Figgeline glaubte, es handele sich um ein etwas rauheres Streicheln als sonst, und so brauchen sie sich nicht einmal zu versöhnen, im Gegenteil, sie sagt: streichle mich nochmal so wie vorhin. Das nun nicht. Aber weil sie darauf besteht, geht Millemosche hinaus, um Luft zu schnappen, denn er fühlt sich ganz und gar durcheinander, und so weckt er Pannocchia.
»Jetzt mach ich euch beiden einen Vorschlag.«
»Was für einen Vorschlag?«
»Ich werde euch zu essen geben, soviel ihr wollt, doch ihr müßt mir versprechen, immer wach zu bleiben.«
»Das schaffen wir nicht.«
»Versucht es zum wenigsten.«

Das Schöne und das Häßliche

Nun schläft Millemosche nicht mehr und läßt auch die beiden anderen nicht mehr schlafen. Unerwartet erscheint er, und wenn er sie mit geschlossenen Augen antrifft, traktiert er sie mit der Faust. Und so schlafen Pannocchia und Carestia stehend des Tags an einen Baum oder mit dem Rücken aneinander gelehnt. Und wenn sie aufwachen, sprechen und lachen sie leise unter sich. Millemosche weiß, worüber sie reden, über Figgeline. Aber warum lachen sie?

»Was gibts da zu lachen?«

»Nichts. Wir lachen, weil wir lachen.«

»Was sagt ihr dazu, wenn ich euch Figgeline nackigt zeige.«

»Die interessiert uns nicht.«

»Das glaub euch, wer will.«

»Figgeline gefällt uns nicht.«

»Dann habt ihr sie im Traum erneut gesehen?«

»Könnt schon sein.«

»Erklärt mir, was euch nicht gefällt.«

»Die Beine.«

»Sie sind wunderschön.«

»Viel zu dürr.«

»Ihr täuschet euch, sie sind feist.«

»Mag ja sein. Die aber, die sie uns im Traume zeigt, sind dürr.«

»Und die Brust?«

»Viel zu klein.«

»In Wirklichkeit ist sie schön groß und schön dick.«

»Du siehest längst schon alles mit eigenen Augen und spinnst deine eignen Gedanken. So siehest du zum Beispiel nicht, daß sie einen krummen Rücken hat. Und dann ist sie viel zu behaart. Ein bißchen ist ja ganz schön, doch allzu viel Härchen ist, als wär sie eine Ziege.«

Da nun läuft Millemosche in die Hütte zurücke und betrachtet Figgeline aus der Nähe von vorn und von hinten. Es stimmt, die Beine sind dürr, die Brust ist klein, der Rücken krumm. Und dann ist sie viel zu behaart, und

dann haben auch Pannocchia und Carestia sie nackigt gesehen. Figgeline, Figgeline, überleg ichs recht, dann geh ich.
»Warum hast du dich nackigt vor ihnen gezeigt?«
»Vor wem?«
»Vor Pannocchia und Carestia.«
»Wann?«
»In ihren Träumen.«
»Wer weiß schon, wer alles von mir träumt.«
»Dann bist du also eine Metze.«
Figgeline versucht, ihm zu erklären, daß andere träumen können, was immer sie wollen, daß sie über die Träume der anderen aber nicht das Kommando führe. Doch es ist unmöglich, Millemosche das verständlich zu machen. Er steht da mit sauertöpfischem Gesichte und reagiert nicht einmal auf ihr Streicheln und auf ihr zärtlich Gelecke am Ohr. Daraufhin zieht Figgeline ihn splitternackigt aus und beginnt, ihn überall zu lecken, von den Fuß- bis zu den Haarspitzen. Millemosche steht da, läßt sich lecken, und schreit kein bißchen.

Die Lepra am Fuße

Von Stund an redet Millemosche mit niemandem mehr. Er kreiset um das Bretterhäuschen wie der Mond um die Erde, und gelegentlich legt er sich zum Schlafen aufs Stroh dicht neben Pannocchia und Carestia, allein Figgeline packt ihn bei den Armen und schleift ihn hinein, legt ihn aufs Bette, zieht ihm die Kleider aus und leckt ihn wieder. Millemosche läßt sich lecken und sagt, gleich einer Mumie, kein Sterbenswörtchen. Eines Morgens, dieweil er um das Bretterhäuschen kreist, merkt er, daß Pannocchia und Carestia Stroh verbrennen.
»Und wie wollt ihrs jetzt fertigbringen?«
»Was fertigbringen?«

»Zu schlafen.«
»Wir haben beschlossen, wir gehen.«
»Und was wird aus mir?«
»Du bleibst bei Figgeline.«
»Figgeline widert mich an.«
»Dann komm einfach mit.«
»Ich kann doch nicht fortlaufen wie ein Dieb.«
»Statt wie ein Dieb wegzulaufen, versuch irgendwie anders wegzulaufen.«
»Ihr müßt mir helfen, einen Grund oder einen Vorwand zu finden. In gewisser Weise habt ja auch ihr euren Spaß mit Figgeline gehabt, im Traume.«
Pannocchia nimmt den Kopf zwischen die Hände. Er verharrt auf diese Weise unbeweglich mit geschlossenen Augen. Carestia tut es ihm nach, Millemosche verwundert sich sehr. Kaum läßt man die beiden für ein paar Tage allein, erkennt man sie nicht mehr wieder. Wie damals, als sie sich im Walde verloren hatten, und er sie in der Ebene wiederfand, weil sie sich in der Ebene verloren hatten. Oder wie bei jenem anderen Male, als sie sich in den Kopf gesetzt hatten, Erde zu essen. Sie hatten gehört, daß während der Belagerung von Roccaripesena die Soldaten Erde gegessen hätten, und so wollten auch sie Erde essen. Doch das war Tonerde, diese dummen Hunde. Es ist bekannt, daß Tonerde köstlich zu essen ist. Und anjetzt sitzen sie da, mit dem Kopf zwischen ihren Händen und geschlossenen Augen wie zwei ich weiß nicht was.
»Was macht ihr?«
»Sei still, wir denken.«
»Seit wann habt ihr denn zu denken gelernt?«
»Schon gut, ich habe ausgedacht.«
»Was hast du ausgedacht?«
»Wie man sich von Figgeline befreien kann.«
»Hören wir also.«
»Du nimmst ein Glöcklein und bindest es dir an den Fuß.«
»Und dann?«
Und dann, erklärt ihm Carestia, läßt du sie glauben, du hättest dir die Lepra geholt. Daraufhin erschrickt sie und läßt dich nicht mehr ins Haus. Und so kann Millemosche

beruhigt aufbrechen, weil sie es ist, die ihn vor die Tür gesetzt hat. Der Trick dabei ist eben, sich vor die Türe setzen zu lassen. Pannocchia, dem nichts eingefallen ist, stimmt Carestia zu. Millemosche ist zwar nicht ganz dieser Meinung, allein es fehlt nicht viel daran. Die Sache mit dem Glöcklein kommt ihm vor wie eine arge Hinterhältigkeit, ihm, der doch ein Rittersmann ist. Und dann ist er sich auch noch nicht sicher, ob es wirklich so für ihn klug ist, Figgeline, das Bett, die Eier, die Polenta und alles andere aufzugeben oder nicht, für ihn, der ein Rittersmann ist. Nachdem er darüber nachgedacht hat, beschließt er, daß er noch weiter darüber nachdenken muß.

Stets ein Rittersmann

Auf seinen Beinen torkelnd, so, als wäre er sehr schwach, und mit polentagelbem Gesichte betritt Millemosche Figgelines Bretterhäuschen. Um einen Knöchel gebunden trägt er eine Glocke von denen, die man Kühen um den Hals hängt. Er macht einen Schritt ins Zimmer, ohne die Tür zu verschließen, dann hebt er das Bein, bewegt es durch die Luft und läßt die Glocke ertönen. Figgeline betrachtet ihn überrascht und will auf ihn zugehen, doch Millemosche gebietet ihr mit der Hand Einhalt.
»Bleib, wo du bist!«
»Was ist los mit dir?«
»Los ist, daß ich mir die Lepra geholt habe. Jetzt will ich sie nicht auch an dich weitergeben, und so habe ich beschlossen, wegzugehen.«
Figgeline stürzt auf ihn zu, umarmt ihn und küsset ihn auf den Mund und auf die Ohren, dieweil Millemosche auf alle nur erdenkliche Weise versucht, sie ferne zu halten. Die Frau aber wirft sich überall an ihn, und er weiß nicht, wie er sich davor schützen soll. Doch sobald

Figgeline sich von ihm löset, fängt er gleich wieder mit der Glocke an zu läuten.
»Ich begreife nichts mehr. Warum hast du mich geküßt? Hab ich dir nicht gesagt, ich habe die Lepra am Leibe?«
»Ach, mach dir keine Sorgen, auch ich habe sie.«
»Wen?«
»Die Lepra.«
Millemosche macht einen Satz in die Luft. Er entschlüpft durch die Tür und läuft davon so schnell wie der Blitz. Pannocchia und Carestia sehen ihn glockenklingend über die Felder laufen, und, ohne zu begreifen, was geschehen ist, laufen sie ihm hinterher.
»Wenn er so läuft, ist das ein Zeichen, daß jemand hinter ihm her ist.«
»Wir sinds doch, die hinter ihm herlaufen.«
»Und warum laufen wir ihm hinterher?«
»Um ihn zu fangen.«
Sie durchqueren einen finsteren Wald und kommen in einer Ebene heraus, wo ein großer Fluß voller Wasser dahinströmt. Sie können einfach nicht mehr so laufen, als würden sie davonrennen.
»Millemosche, so warte doch!«
»Wenn du auf uns wartest, tun wir dir nichts.«
Doch Millemosche läuft weiter, auf den Fluß zu, er durchquert ein Röhricht, kommt auf der anderen Seite wieder heraus und stürzt sich endlich kopfüber ins Wasser.
»Zu Hülfe, ich ersäufe! Ich kann nicht schwimmen! Zu Hülfe! Errettet mich auf der Stelle!«
»Ich kann nicht schwimmen, ich hab in meinem ganzen Leben noch nie nicht geschwommen.«
»Und wie willst du dann wissen, daß du nicht schwimmen kannst, wenn dus noch nie nicht getan hast? Versuchs.«
»Versuch dus.«
»Schöne Freunde sind wir! Zuerst lassen wir zu, daß Millemosche ersäufet, und dann lassen wir zu, daß auch wir beide noch ersaufen. Vor Freunden von diesem Schlag grauet mir!«

Doch Millemosche ersaufet nicht, denn wie durch ein Wunder gelingt es ihm, sich an einen Baumstamm zu klammern, der auf dem Wasser treibt.
Pannocchia und Carestia sind zum Umfallen müde und haben Mühe, ihm, am Ufer entlanglaufend, zu folgen. Sie treten auf Steine und verheddern sich in Büschen, sie verlieren sich im Röhricht und reißen sich an Dornensträuchern die Haut vom Leibe. Wie sie so weitergehen, kommt es ihnen vor, als würde der Fluß aufwärts strömen, doch sie wissen nur zu gut, daß dies eine Wirkung der Müdigkeit ist. Sie rufen Millemosche, der rittlings auf dem Wasser immer schneller auf seinem Holzpferde davonzulaufen scheint.
»Bleib stehen, Millemosche! Versuch, stehenzubleiben!«
»Ich kann nicht!«
»Dann versuch, weniger schnell zu treiben! Warum treibst du so schnell?«
»Nicht ich bins, sondern das Wasser ists.«
»Hör zu, wir schaffen es nicht mehr, so schnell zu gehen, hör zu, Millemosche, wir lassen dich fahren.«
»Verbrecher! So ihr mich sterben lasset, blicke ich euch nie wieder ins Gesichte für den Rest meines Lebens.«
Und unter Zurufen und Streitereien laufen Pannocchia und Carestia noch stundenlang am Flußufer entlang. Sie sehen die untergehende Sonne, und die Morgendämmerung sieht sie noch immer hinter Millemosche hergehen, der am Ende auf seinem hölzernen Rosse in Schlaf versinkt.

Alle Flüsse münden irgendwo

Der Fluß ist so groß geworden, daß man von einem Ufer nicht mehr zum anderen zu blicken vermag. Schon riecht man in der Luft den Duft von Algen und Fischen, was nichts anderes heißt, als daß das Meer nicht mehr fern ist. Und wirklich, Pannocchia und Carestia

halten jähe inne. Die Erde, auf welcher sie gehen, entfernet sich mehr und mehr vom Wasser und scheinet fast zurückzugehen und einer unendlich weiten und unendlich grünen Ebene zu weichen, die sich bis zum Horizont erstreckt. Pannocchia pflanzt sich auf seinen Füßen auf und blickt in die Ferne, wobei er seine Augen mit den Händen schützt.
»Entweder täusche ich mich oder das da ist wirklich das Meer.«
»Da siehest dus, ich habs genau gewußt, daß dieser Fluß ins Meere mündet, daß ihn die Lepra hole.«
»Das wußte auch ich. Alle Flüsse münden ins Meer.«
»Keineswegs nicht alle.«
»Wenn du sie vom anderen Ende her betrachtest, münden sie alle im Gebirg, doch vom richtigen Ende her betrachtet, münden sie alle ins Meer wie dieser.«
»Es gibt gleichwohl auch solche, die sich auf ihrem Wege verlieren.«
»Arme Dinger, sie dauern mich wirklich.«
»Armer Millemosche.«
»Diesmal haben wir ihn gründlich verloren und Amen.«
»Millemosche! Wohin treibts dich nur? Siehst du denn nicht, daß vor dir das Meer beginnt?«
»Halt an, Millemosche! Halt an!«
Millemosche ist viel zu weit von ihnen entfernt, als daß er sie hören könnte. In der Ferne, mitten im Meere, ist Millemosche zu einem winzigen Punkt geworden, der hinter den Wellen auftaucht und wieder verschwindet.

Sarazenische Piraten

Ein ziemlich abgetakeltes Schiff mit geflickten Segeln hält auf Millemosche zu, der immer noch auf dem Baumstamm mitten im Meere sitzt. Das Schiff ist voll mit sarazenischen Piraten, und daß es sich um sarazenische Piraten handelt, merkt man alsogleich an ihren Gesichtern, ihren Bewegungen, ihrer Art zu sprechen, an den Lumpen, welche sie am Leibe tragen, und an den langen Dolchen, die sie mit großer Hinterhältigkeit handhaben. Zu anderen Zeiten hätte Millemosche alles getan, um zu fliehen, allein, hier ging es um die Frage, ob er den Tod durch Ertrinken erleiden oder von Haifischen aufgefressen werden würde. Dann sind Piraten schon besser. Er meint sogar, gehört zu haben, daß es herzensgute Piraten gäbe, die über die Meere segeln, um die zu retten, welche Schiffbruch erlitten, und wenn er es zufällig doch nicht so gehört haben sollte, ist es ihm nun lieb, dieser Art zu denken. Er sendet große Zeichen der Freundschaft zu dem sarazenischen Piratenschiffe hinüber und ruft mit dem bißchen Stimme, das ihm verblieben ist.

»Ziehet mich hinauf und errettet mich. Ich bin bis oben an voll Goldes.«

Das Wort ›Gold‹ hat die Eigentümlichkeit, daß man es auch noch in großer Entfernung und inmitten des tosenden Lärmes der Wellen höret. Man hört es auch, wenn der Wind geht oder Nebel herabfällt oder ein Gewitter losdonnert. Es ist das klangvollste Wort, das es gibt, und es hat einen schönen Klang bei allen Menschen auf der ganzen Welt, für Piraten aber ist es wie ein magischer Anziehungspunkt. Sie kommen alle herbeigelaufen, um jenen sonderbaren Menschen zu sehen, welcher sich an einem Baumstamme festklammert, rufen den Oberpiraten herbei und bereden sich untereinander.

»Er sagt, er sei bis oben an voll Goldes.«

»Aber er ist doch halb nackigt!«

»Dann wird ers in seinem Gedärme haben.«

»Dann ziehen wir ihn also herauf und machen uns ein Vergnügen daraus, ihm den Bauch aufzuschlitzen. Vielleicht ist er ja wirklich voll Goldes.«

»Lassen wir ihn, wo er ist, so fressen ihn die Fische. Immerhin können wir ihn nicht essen.«

»Und warum nicht? Das Fleisch eines Christenmenschen ist gar köstlich, es ist so ähnlich wie das vom Kaninchen.«

Zu seinem Glücke versteht Millemosche kein Wort. Einer der Piraten wirft ins Wasser ein Seil. Gleich klammert er

sich daran, doch als er nahe beim sarazenischen Piratenschiffe ist, hat er die Kraft nicht mehr, um emporzuklettern. Da nun schnürt er sich den Strick um die Hüfte und macht den Piraten ein Zeichen, sie sollen ihn hochziehen. Doch alsobald er seinen Fuß aufs Schiff gesetzt, wirft Millemosche sich fast schon wieder ins Wasser zurück. Entsetzt von den durch Pocken zerstörten Gesichtern blickt er um sich und begreift, daß er in einem anderen Meere von Schwierigkeiten ist. Was tun? Wollen wir uns noch einmal ins Wasser stürzen? Millemosche erinnert sich, daß auch er eine Waffe besitzt, und zwar eine viel schlimmere als einen Dolch, ein Schwert oder eine Hellebarde: die Glocke, die immer noch um seinen Fuß gebunden ist. Da nun hebt er das Bein und beginnt es mit aller Kraft zu schütteln, die ihm verblieben ist.
»Ich hab die Lepra! Ich hab die Lepra! Fliehet, das ist besser für euch! Ich bin verfault durch die Lepra vom Kopf bis an die Füß!«
Millemosche beginnt von einer Seite zur anderen zu laufen, die Piraten verfolgend, die damit begonnen haben, sich lieber nacheinander ins Wasser zu stürzen, als sich von einem Leprakranken berühren zu lassen. Der sarazenische Oberpirat wirft ein Messer nach ihm. Wie durch ein Wunder gelingt es Millemosche, ihm auszuweichen, dann läuft er wieder den wenigen nach, die noch auf dem Schiffe verblieben sind, doch am Ende stürzen auch sie sich ins Wasser und schicken ihm einhunderttausend Flüche und Verwünschungen auf sarazenisch hinauf.
Allein geblieben, läuft Millemosche hierin und dorthin, um das Steuerrad zu suchen, allein, er findet es nirgends. Und doch muß es da sein. Und wirklich, er hat es am falschen Ort gesucht, denn das Steuerrad befindet sich hinten und nicht vorn, das heißt am Heck und nicht am Bug, wie die zu sagen pflegen, die sich auf Boote und andere Schiffe verstehen. Die Segel, die übergehen wir, und besser ists, sich gar nicht erst um sie zu kümmern, denn so wie er Hand an sie legt, beginnen sie zu schlagen und sich zu blähen. Auch Knoten bilden sich, bei denen

er Gefahr läuft, von diesen erdrosselt zu werden. Dagegen braucht man das Steuerrad nur leicht zu bewegen, und schon drehet es nach rechts und nach links, gleich einem Pferde, wenn man am Zügel zieht. Mit dem Unterschied, daß man hier viel mehr auf Kurven achten muß als bei einem Pferde, so man das Schiff nicht zum Kentern bringen will. Kurz gesagt: unter heftigem Steuern und Gegensteuern gelingt es Millemosche, sich dem Ufer zu nähern. Sich drehend und wendend, hat das Schiff die richtige Richtung gefunden und bohrt sich am Ende in den Sand, versetzt Millemosche einen Ruck, dergestalt, daß er kopfüber in weitem Bogen über das Schiff fliegt und sich ebenfalls in den Sand bohrt.

Besser lebendig als tot

Das sarazenische Piratenschiff bleibt im Sande stekken, dieweil Millemosche sich die Augen mit dem Handrücken abwischt. Und was sieht er? Er sieht Pannocchia und Carestia, welche sich ebenfalls die Augen mit dem Handrücken reiben und ihn wie einen nach der Beisetzung wiederauferstandenen Toten anblicken.

»Aber du bist doch Millemosche!«

»Und ihr seid Pannocchia und Carestia!«

»Dann sind wir alle wieder beisammen.«

»Allein, bist du auch sicher, daß du kein anderer nicht bist? Nimm uns nicht auf die Schippe, Millemosche.«

»Wenn wir also parlieren wollen, so frage ich euch, warum habt ihr mich absäufen lassen?«

»Und du, warum hast du dich ins Wasser gestürzet?«

»Wenn ichs euch befehle, so würdet auch ihr euch ins Wasser stürzen.«

»So befiehl es uns nicht, sonst hol dich die Lepra!«

»Und ihr sollet die Lepra nicht erwähnen, wenn ich bitten darf.«

Millemosche setzt sich auf den Sand zu seinen beiden Freunden und erzählt ihnen, wie er im Duell zum wenigsten hundert sarazenische Piraten besiegt, ihnen das Schiff entführt und bis hierher ans Ufer gelenkt hat. Millemosche würde noch wer weiß wie lange von seinen Abenteuern erzählen, wenn nicht auf dem Wasser einige Piraten auftauchten, welche schwimmend auf sie zuhalten, um sich ihr Schiff wiederzuholen. Millemosche sagt, er sei nicht mehr imstande, ein weiteres Duell zu bestehen, und rennt mit Pannocchia und Carestia zusammen davon, welchselbige beim Anblick der Piraten noch schneller davonrennen als er selbst.

Die schwarze Burg

Dicke Schneeflocken wirbeln herunter und machen alles weiß, die Luft, die Erde, die Zweige der Bäume, die Haare, die Schultern, die Nase und den Bart dreier ausgehungerter Lumpenbrüder, die mühsam sich zur Spitze des Hügels hinaufschleppen. Diese drei Lumpenbrüder sind Millemosche, Pannocchia und Carestia, auch wenn man ihnen, um sie erkennen zu können, den ganzen Schnee abklopfen müßte, der sie bedeckt. Allein, gelegentlich bleiben sie stehen, schutteln sich, dann gehen sie wieder weiter. Um sich aufzuwärmen, rufen sie alle warmen Wörter, die ihnen einfallen: Sonne, Feuer, Backofen, Wolle, Kamin, Rauch, Schwefel, Fieber, Wüste, Hölle, Scheiterhaufen. Aber den Scheiterhaufen läßt man besser weg, man kann ja nie wissen. Der Schnee fällt weiter vom Himmel und wird auf der Erde höher, und die mit Lumpen umwickelten Füße sinken bis zu den Knien ein. Inmitten all dieser Schneeweiße taucht endlich etwas recht Schwarzes auf, etwas, das sich immer weiter ausbreitet, bis es zur Umfassungsmauer einer Burg geworden ist. Hoch, schwarz und ohne Fenster, wie ein

Fluch des lieben Gottes, wenn der liebe Gott sich sehr geärgert hat. Nur ein Burgtor aus geschlagenem Eisen ist vorhanden, ebenfalls schwarz. Die dreie klettern weiter bis zur Spitze des Hügels hinauf, das heißt zur Burg, allein die Straße wird immer steiler, nun müssen sie auch ihre Hände zu Hilfe nehmen, und nach jedem zweiten oder dritten Schritt wirbelt der Schnee von der Erde auf und legt sich auf die Zähne des einen und anderen. Allzeit stehen sie wieder auf und setzen ihren Weg fort, weil eine so schwarze Burg immer noch besser ist als gar nichts. Das Gar nichts ist das Schlimmste, was es in einigen Fällen geben kann, wenn einer friert und Hunger hat. Endlich bleiben Millemosche, Pannocchia und Carestia vor dem von oben bis unten verschlossenen Burgtore stehen und fangen alle zugleich an, mit ihren Zähnen zu klappern, aus Liebe und Einverständnis, wie drei Freunde.

»Wer klopft?«

»Ich nicht.«

»Wenn einer klopft, renn ich weg.«

»Dann rennen wir doch gleich weg.«

»So haben wir den ganzen Weg umsonst zurückgelegt?«

»Ich sage, daß es besser ist zu klopfen, und wenn sie kommen und öffnen, tun wir einfach so, als hätten wir Hunger.«

»Aber ich hab wirklich Hunger.«

»Schon gut, aber besser wärs, so zu tun.«

»Dann laßt uns doch auch nur so tun, als würden wir anklopfen.«

»Bravo, dann stehen wir den ganzen lieben langen Winter hier herum und warten.«

Carestia aber nimmt all seinen Mut zusammen und sagt, daß er klopfe. Daraufhin schleicht Pannocchia um ihn herum, um ihm zu sagen, daß er leise klopfen möge. Carestia nimmt den Türklopfer mit seinen Fingerspitzen und führt drei kleine, leichte Schläge aus. Alle dreie machen einen Schritt zurück. Wer weiß, was jetzt geschieht. Jetzt geschieht es, daß das Burgtor in seinen Halterungen zu quietschen beginnt und sich öffnet. Ein mit

Eisenwerk bedeckter Soldat fordert sie auf einzutreten, tretet ein.
»Der König erwartet euch.«
»Uns?«
»Ja.«
Millemosche sieht Pannocchia und Carestia an, Pannocchia sieht Carestia und Millemosche an, Carestia sieht Millemosche und Pannocchia an, mit einem Wort, sie blicken alle drei in ihre Gesichter und drängen sich an der Burgmauer zusammen, ohne jeden Mut, auch nur einen Schritt zu tun. Da tritt der Soldat aus dem Tor, nimmt die dreie an die Hand und zieht sie in die Burg.

Die Krone auf dem Haupte

Halb gezogen, halb geschoben vom Soldaten durchqueren Millemosche, Pannocchia und Carestia den Burghof und sehen eine große Zahl von Menschen. Männer, Frauen, Alte, Kinder und sarazenische Soldaten mit Krummsäbel und Turban gehen unter dem Schnee her, allein, man weiß nicht, was sie wollen. Sie gehen allerorten herum im Burghof, weiter nichts. Die Frauen weinen wohl, und die Männer, aufgepflanzt inmitten des Schnees, betrachten den Himmel. Hin und wieder fliegt ein Gegenstand aus dem Fenster in den Burghof, allein, niemand achtet weiter darauf. Darunter sind silberne Vasen und verzierte Teller, Käse, Schinken, Schachbretter, Damebretter und Bronzelüster. Carestia würde sich auf der Stelle auf dieses Zeug stürzen, das niemand nicht siehet oder so tut, als würde er es nicht sehen. Allein, der Soldat drängt ihn zusammen mit Millemosche und Pannocchia eine breite Treppe hinauf, auf welcher einige Männer mit entblößtem Rücken herunterkommen, und diese werden von Sarazenen durchgepeitscht. Einer dieser Unglücklichen wendet sich zu seinem Durchpeitscher um und bittet ihn, noch fester zu peitschen. Und dann

dankt er es ihm. Jetzt verstehen Millemosche, Pannocchia und Carestia gar nichts mehr. Hier scheinen ja alle Dinge auf dem Kopf zu stehen. Aber warum ist der Schnee dann noch weiß? Und warum haben sie dann noch Hunger? Wenn die Welt den umgekehrten Weg einschlägt, müßten sie zuallererst den Bauch voll haben, die Menschen mit dem Kopf nach unten gehen, die Alten jung, die Säuglinge alt sein. Oder sollte es sich vielmehr um eine allgemeine Buße für ein großes Unheil handeln? Sollen wir wetten, daß der König der Burg gestorben ist? Aber warum hat der Soldat dann gesagt, daß der König sie erwarte? Sie betreten einen großen Raum mit steinernen Stufen und schmalen hohen Fenstern, die auf den Burghof gehen. Hier heißt sie der Soldat niedersitzen und, sie alleine lassend, entfernt er sich.
»Verschwinden wir, bevor es zu spät ist.«
»Wohin?«
»Irgendwohin.«
»Er hat gesagt, daß der König uns erwartet.«
»Ja, um uns aufzuknüpfen.«
»Wenn sie uns nur vorher etwas zu essen geben, dann sollen sie aufknüpfen, wen sie wollen.«
»Wenn ich gegessen habe, erwischt mich keiner mehr.«
»Wenn ich gegessen habe, bring ich zehn Soldaten auf einmal um.«
»Ich wohl auch hundert.«
Ihr Gespräch wird von der Stimme des Soldaten unterbrochen, der die Ankunft des Königs verkündet. Pannocchia und Carestia stürzen sich aus Angst zu Boden und haben Mühe, eine natürliche Abstützstelle zu finden, wie etwa die Füße zum Stehen oder den Hintern zum Sitzen. Und so strecken sie denn auf dem Boden auch wirklich den Kopf, die Hände, den Rücken und die Knie aus, bis der Soldat sie endlich am Halse in die Höhe zieht. Millemosche dagegen springt seinerseits auf, alsobald der König in der Tür erscheint. Er ist ein großer, wohlbeleibter Mann. Er betritt den Saal, begleitet von zwei Würdenträgern und zwei Dienern, die zwei mit Wasser gefüllte Schüsseln tragen. Der König geht auf die drei Lumpen-

brüder zu und versucht, sein von tiefen Narben gezeichnetes Gesicht milder erscheinen zu lassen. Millemosche, Pannocchia und Carestia schließen die Augen und verstecken sich hinter den Augenlidern, und dieweil sie dieser Art im Dunkeln stehen, sinkt der König auf die Knie und erreicht, über den Fußboden rutschend, ihre mit Lumpen umwickelten Füße, küßt sie und leckt sie mit der Zunge ab. Die Augen Millemosches, Pannocchias und Carestias öffnen sich und betrachten voller Verwunderung den auf dem Boden liegenden König und die beiden Würdenträger. Sie versuchen, ihre Füße zurückzuziehen, doch die Hände des Königs halten sie mit aller Kraft fest. Dann läßt der König die beiden mit Wasser gefüllten Schüsseln auf den Boden stellen und beginnt, mit sehr viel Feingefühl Millemosches Füße zu waschen. Die Würdenträger tun desgleichen bei Pannocchia und Carestia. Millemosche läßt es geschehen, daß der König ihm die Füße mit einem Tuche trocknet, und spricht dann.
»Majestät, wir sind nicht die, welche Ihr erwartet. Wir sind andere.«
»Je weniger ich euch erwartet habe, umso mehr seid ihr uns willkommen.«
Der König steht wieder auf und mit einer Geste läßt er auch Millemosche, Pannocchia und Carestia wieder aufstehen. Nun könnte man sogar lachen, wenn da nicht die Angst wäre, doch zuallererst muß verstanden werden, was der König im Schilde führt. Welchselbiger vor Millemosche stehenbleibt und zufrieden wirkt, wie jemand, der seinen Mann gefunden hat.
»Von diesem Augenblicke an bist du König und diese beiden sind deine Würdenträger.«
»Und Ihr, Majestät?«
»Werde euer Diener sein. Tauschen wir jetzt die Gewänder.«
»Unsere sind durchnäßt.«
»Umso besser.«
»Es könnte sein, daß die Läuse bei der Kälte gestorben sind, aber dafür einstehen können wir nicht.«

»Arme Tierlein, hoffentlich nicht.«
Der König nimmt die goldene Krone herunter und setzt sie Millemosche aufs Haupte, welcher seinerseits seinen alten, verschlissenen Hut übergibt. Und ein gleiches tun auch Carestia und Pannocchia bei den Würdenträgern. Darauf folgt der Tausch der Gewänder und der Schuhe. Pannocchia gibt seine Sandalen her, die beide für den rechten Fuß sind. Mit einer kaum wahrnehmbaren Verzerrung im Gesichte zieht der Würdenträger sie über, doch gleich darauf lächelt er zufrieden. Nach dem Tausche verbeugt der König sich gegen Millemosche, um ihn zu fragen, welches sein erster Wunsch sei. Ohne zu zögern und noch bevor er seinen Mund aufgemacht hat, spricht Millemosche ein Wort aus, das klingt, als käme es unmittelbar aus seinem Bauche.
»Essen.«
Pannocchia und Carestia sind mit Millemosche einer Meinung, doch brauchen sie nichts zu sagen, denn man liest es auf ihren Gesichtern.

Das Essen

Der Tisch, fünf Meter lang und zehn Meter breit, ist mit Tellern und mit Flaschen voll roten und weißen Weines gedeckt. Und an die zehn Töpfe voll mit bereits fertigen und heißen Dingen zum Essen. Gemüsesuppen, Salami, Wildbret, Gebäck, Obst, Käse. Auch Kutteln gibts, entbeintes Lamm, Aalklößchen, gefüllte Wachteln, geröstetes Brot und Knödel, helle und dunkle Oliven, Hammelkoteletts, Perlhuhn und Fasan, Ricottabällchen, Schwartenstreifen und Grieben, geröstete Maiskölbchen und Brunnenkresse. Die Augen von Millemosche, Pannocchia und Carestia versinken in all diesen eßbaren Wunderdingen, dieweil ihre Beine sie Schritt um Schritt zum großen Tische leiten. Allein, als sie vor ihm stehen, wissen sie nicht, wo sie beginnen sollen, und verharren mit verschränkten Händen, die sich nicht rühren. Das wird doch nicht etwa ein Scherz sein? Oder eine Täuschung? Oder eine Falle? Endlich dreht Millemosche sich um und sieht den König an, welcher neben ihm steht, so, als warte er auf Anweisungen.

»Ihr esset nicht, Majestät?«

»Ich und meine Würdenträger werden die Reste essen. Und nenn mich nicht Majestät, denn der König bist von nun an du.«

»Und was, wenn wir alles aufessen und keine Reste übrigbleiben?«

»Das ist nicht möglich.«

»Ich sage Euch, das ist möglich.«

»Dann nehmen wir es eben hin.«

Pannocchia und Carestia warten darauf, daß Millemosche beginnt, zumal er jetzt König ist und es ihm zukommt, als erster zu essen. Da schnüret Millemosche sein Hemd am Halse auf, setzet die Krone ab, nimmt voll Feingefühls eine schwarze Olive und steckt sie sich in den Mund. Pannocchia und Carestia tun es ihm gleich, und weil sie nicht wissen, wohin sie den Kern spucken sollen, verschlucken sie ihn zusammen mit dem Fruchtfleisch. Dann greift sich Millemosches Hand einen Perlhuhnschenkel, und gleichermaßen greifen die Hände der beiden anderen sich zwei Stücke Fleisches, die sie mit drei zangenkräftigen Bissen entbeinen. Dann reicht Millemosche seinen Knochen dem König, nachdem er mit ihm einen Blick noch voller Unsicherheiten gewechselt hat. Der König nagt den Knochen ab, dann zermalmt er ihn mit den Zähnen, um auch noch das Mark herauszusaugen. Auch Pannocchia und Carestia werfen den Würdenträgern ein paar Reste hin, doch an dem, was in deren Hände gelangt, gibt es nichts mehr abzunagen. Der König sagt nichts. Nun, da er König ist, kann Millemosche tun, was er will. Der andere zählet nicht mehr. Er versucht, ihm einen Fußtritt zu geben, alldieweil ein König kein König nicht ist, wenn er nicht wem und wann er will Fußtritte versetzen kann. Und der andere drehet sich um

und danket es ihm. Daraufhin gibt er ihm noch einen Tritt. Und dieser dankt es ihm nochmal.
»Nein. Du mußt aua sagen! Welche Freude soll es mir sonst bereiten, wenn du nicht jammerst?«
»Wenn es dir Vergnügen bereitet, sage ich aua.«
»Du mußt aua sagen, weil ich dir wehe tu, nicht um mir zu Gefallen zu sein.«
»Wenn du mir wehe tust, bin ich es zufrieden.«
»Du kannst nicht zufrieden sein. Meine Fußtritte sind immer schrecklich gewesen. Einen, der Fußtritte so versetzen kann wie ich, den gibts nicht noch einmal auf der Welt.«
Und Millemosche fängt an, Fußtritte nach allen Seiten auszuteilen, dem König, den Würdenträgern, und weil er schon einmal dabei ist, gleich auch Pannocchia und Carestia, welche aber gar nichts merken, weil sie, wenn sie essen, gar nichts merken, nicht einmal, wenn die Erde bebt. Doch irgendwann muß Millemosche innehalten, weil sich eine ganze Reihe von Mettwürsten samt Bindeschnur durch seinen Rachen geschoben hat, und jetzt ist sie da, halb drinnen, halb draußen, und gehet weder vor noch zurücke. Da nun stürzen Pannocchia und Carestia sich auf die Mettwürste und ziehen sie vierhändig heraus und verspeisen sie. Hervorragend sind sie, gesalzen und pikant, und haben dazu noch den Vorzug, bereits ein wenig vorgekaut zu sein.

Kopf und Bauch wie ein König

Dann kommt ein Augenblick, da fühlt Millemosche sich wirklich gleichwie ein König. Aus einem kurzen und tiefen Schlaf erwacht, geht er zu einem hohen, schmalen Fenster, um die schneebedeckte Landschaft zu betrachten. Zwar regnet es aus Gießkannen, allein man höret kein Regenrauschen nicht, weil die dichten Tropfen in den Schnee fallen und ihn durchnässen. Und

auf dem Schnee siehet man dunkle Flecken, die sich bewegen. Das sind frei laufende Pferde und Hunde, und da sind auch Schweine, die hierhin und dorthin auseinanderstieben, als würde jemand hinter ihnen her sein, in Wirklichkeit aber ist niemand da. Millemosche fragt sich nach dem Grund für all dieses Durcheinander von Tieren und Menschen in der Burg. Weil er aber keinen Grund dafür nicht findet, steht er da und betrachtet den Regen, der immer dichter herunterfällt, und siehet, daß der Schnee immer mehr schmilzt, die Erde wieder ihre Farbe annimmt und nur leichte weiße Verwehungen übrigbleiben. Auch dies hat für Millemosche etwas von Wunderbarem an sich. Mit königlichen Augen betrachtet, sind auch die Erde und der Schnee anders als vorher. Auch der Himmel ist anders, viel schöner, viel heiterer, und wenn er mal grau ist, ist es ein Grau, das man nicht entfernt mit dem vergleichen kann, das die Augen eines vor Hungers sterbenden Lumpenbruders sehen. Er wendet sich wieder dem Inneren des Raumes zu, um einen Blick auf Pannocchia und Carestia zu werfen, die eben erst wieder zu sich gekommen sind und ihn immer noch aus verdauungsschweren Augen anblicken.
»Ich habe kein bißchen von dem verstanden, was hier in der Burg eigentlich vor sich geht.«
»Ich habe verstanden, daß man hier isset und trinkt.«
»Schon, aber wieso? Da muß doch etwas hinterstecken, irgendwas.«
»Vielleicht wollen sie sich auf unsere Kosten vergnügen, geben uns zu essen, stecken uns in ihre Gewänder und dann knüpfen sie uns auf.«
»Jetzt, da wir gegessen haben, können wir uns auch davonmachen.«
»Davonmachen? Ach woher, ich bleibe hier für den Rest meines Lebens. König zu sein, sagt mir sehr zu, auch wenn es ein Scherz ist.«
Millemosche setzt sich neben Pannocchia und Carestia und legt seinen Kopf in die Hände. Er fühlt eine Schwere wegen der großen Gedanken. Und unter allen gibt es einen, der ihn zermartert.

»Höret, Freunde, mir kommt ein schlimmer Verdacht. Sind wir denn sicher, daß wir wach sind?«
»Du meinst, wir könnten vielleicht träumen?«
»Denkst du denn, wir würden alle dreie dasselbe träumen?«
»Schon möglich. Versuch mal, meinen Namen zu nennen.«
»Millemosche!«
»Nenn mich Majestät, sonst soll dich die Lepra holen!«
»Majestät!«
»So, über den Daumen gepeilt, kommt es mir vor, als wäre ich wach.«
»Aber wie fühlet man sich, wenn man König ist?«
»Alles ist anders.«
»Was, alles?«
»Der Kopf, zum Beispiel. Er ist anders.«
»Wie meinst du das?«
»Das kann man nicht erklären. Es sind wesentlich größere und wesentlich buntere Dinge in ihm.«
»Und der Bauch?«
»Der Bauch, den gibts nicht, er hat keinen Hunger mehr.«
»Und die Beine?«
»Die Beine, die Knie, die Füße, ach es ist, als gäbe es sie nicht, sie tun nicht mehr weh und tragen dich, wohin du willst.«
»Dann aber bist du ein andrer, du bist nicht mehr Millemosche.«
»Auch ich habe diesen Eindruck. Wollt ihr die Wahrheit hören? Ich erinnere mich an nichts mehr von vordem und es ist, als wäre ich immer schon König gewesen. Ich weiß auch, wie ich als Kind angezogen war: ich trug seidene Beinkleider und einen Federhut.«

Das Nadelöhr

Die Burgkirche befindet sich am oberen Ende einer langen Treppe. Der alte König kommt die Treppe herunter und gehet einer Herde von ausgemergelten Leuten entgegen, die sich unter großer Mühe die Treppe hinaufschleppt. Alle hinken und humpeln. Männer und Frauen mit nur einem Bein oder nur einem Arm, manchmal auch mit keinem von beiden. Einigen fehlt nur eine Hand oder ein Fuß, anderen ein Ohr oder die Nase. Einer ist unter ihnen, der keinen Mund mehr hat. Auf der Treppe kommen sie nur schleppend weiter, krümmen sich vor Kälte und richten ihre Augen gelegentlich zum Himmel empor, das heißt nur die, welche noch Augen haben. Der König geht die Treppe langsam herunter und wendet sich mit schmerz- und reueerfüllter Stimme bald an den einen, bald an den anderen.

»Entschuldige, wenn ich dir die Ohren aus einer Laune heraus abgeschnitten habe.«

»Ich vergebe dir.«

»Entschuldige, wenn ich dir in einem Wutanfall die Augen mit dem Finger herausgerissen habe.«

»Ich vergebe dir.«

»Hab Erbarmen mit mir, wenn ich dir die Beine habe absägen lassen, weil du mir zu groß vorgekommen warst.«

»Ich vergebe dir.«

»Entschuldige, wenn ich dich in einer Kiste habe aufwachsen lassen, weil ich wollte, daß du ein Zwerg werden solltest.«

»Ich vergebe dir.«

»Entschuldige, wenn ich dich das Feuer mit der Zunge habe auslöschen lassen.«

Die Antwort dieses Menschen, der natürlich keine Zunge mehr zum Reden hat, besteht in einer Handbewegung. Und nach ihm verzeihen auch die anderen dem König die von ihm begangenen Schurkereien. Niemand beklagt sich. So gelangt der König ans Ende der Treppe und entfernt sich, indem er sich selbst ohrfeigt. Im Inneren der

Kirche gesellen sich die Hinkenden und Verstümmelten zu denen, welche bereits der Predigt des Mönches lauschen. Die Stimme des Predigers hallt in der Stille wider, und seine Worte schlagen gegen die staubbeladene Kuppel und fallen wie Steine auf die Gläubigen zurücke.
»Der gewaltige Zorn des Allmächtigen kommt über das Universum. Dann wird die Sonne und der Mond sich verfinstern. Alle fliegenden Vögel werden auf die Erde stürzen, und das Wasser wird brennen wie wenn es Wachs wäre, und sterben werden alle Fische, einschließlich des Kabeljaus, der Sardine und der Flunder. Die Mauern werden zerbersten, und Städte und Burgen werden in die Erde hinabfahren. Und dann wird sieben Tage lang der Wind blasen, die Asche hinwegfegen und einen großen Staub aufwirbeln. Bis am achten Tage die Stille sich wieder ausbreitet und die Vergebung für die kommt, die ihrer würdig sind.«
Millemosche erscheint in der Türe mit der Krone auf dem Haupte, und bei ihm sind Pannocchia und Carestia. Er beobachtet all diese Menschen, welche sich nunmehr hingekniet haben und mit dem Rücken zu ihm gewandt sind. Jemand hat ihn gesehen, sich aber nicht weiter um ihn gekümmert. Da wendet Millemosche sich an Pannocchia und flüstert ihm ins Ohr, er solle den König ankündigen. Allein, der weiß nicht, wie er das machen soll und außerdem hat er nicht die dafür geeignete Stimme. Auch Carestia will es nicht machen, und so kündigt Millemosche sich selber an.
»Der König!«
Die Menschen bleiben auf ihren Knien. Nicht einmal ein Hund wendet sich nach ihm um. Eigentümlich. Millemosche schreit noch lauter, und weil keiner sich rühret, beginnt er, dem einen und anderen Fußtritte zu versetzen. Und Pannocchia und Carestia tun desgleichen. Doch statt zu jammern oder sich zu verteidigen, bedanken die Leute sich. Da steigt der Mönch vom Altar hernieder und kommt mit vor Empörung zitterndem Barte auf ihn zu. Er erhebt seine Rechte und nähert sich Millemosche mit ausgestrecktem Finger.

»Deine Unverschämtheit wird dich noch heute nacht geradeswegs in die Hölle fahren lassen.«
»Ich bin der König und habe ein Recht darauf, daß man mich respektieret.«
»In diesen letzten Stunden soll nur noch der Allmächtige respektieret sein.«
»Die letzten Stunden? Wovon?«
»Der Welt. Heut ist der letzte Tag des Jahres tausend, und um Mitternacht ist alles zu Ende: Burgen, Häuser, Menschen, Meere, Berge, Mond, Sonne und das Universum Welt.«
Es ist, als wären alle diese Dinge bereits auf Millemosches Haupt gestürzt. Nur wenig fehlt, daß er nicht selber zu Boden sinkt, und mit einer Hand hält er sich am Barte des Mönches fest. Er spricht leise zu ihm, um zu sehen, ob, von Angesicht zu Angesichte, ganz im privaten, die Dinge sich nicht richten ließen.
»Auch mein Königreich?«
»Auch dein Königreich.«
»Und danach?«
»Beginnt das Jüngste Gericht. Gedenke, daß das Himmelreich den Armen gehört.«
»Dann bin ich ja der Richtige und meine Freunde auch. Wir haben in teuflischem Elend gelebt, haben Brot selbst noch da gesucht, wo die Mäuse mit Tränen in den Augen hervorkamen.«
»Doch nun bist du König und besitzest Reichtümer, Menschen und Land.«
»Seit einigen Stunden. Wir haben nur eine Handvoll mehr als sonst gegessen.«
»Es ist leichter, daß ein Kamel durch ein Nadelöhr geht, als daß ein Reicher ins Himmelreich komme.«
»Und wer soll dieser Reiche sein?«
»Du.«
»Ich sehe schon, du bist wirklich gegen mich!«
Der Mönch befreit sich von Millemosche und geht wieder zum Altar zurücke. Millemosche blickt mit stieren Augen um sich. Auch seine Haare sind ihm heruntergefallen, und die Krone rutscht ihm auf Ohren und Nase.

Er beugt sich zu einem im Gebet versunkenen Lumpenbruder.
»Willst du König sein?«
Dieser gibt ihm mit einem Zeichen des Kopfes zu verstehen: nein. Daraufhin geht er zu einem anderen Lumpenbruder, der noch lumpiger aussieht als der erste, dann zu einem Hinkenden, dann zu einem Zwerg. Jeder von ihnen weiset die Krone ab, gleichsam als würde er ihnen Scheiße anbieten. Da nun wendet er sich an alle.
»Wer König werden will, erhebe seine Hand!«
Keiner rühret sich. Millemosche richtet seinen Blick fest auf Pannocchia und Carestia, die sich bereits unter die Herde der Gläubigen gemischt haben, welche sich an der Tür stauen, um hinauszugehen. Nun läuft er ihnen nach und erreicht sie auf der Außentreppe.
»Wer von euch beiden als erster Ja saget, den mach ich zum König.«
»Ich nicht.«
»Und ich auch nicht.«
»Gut denn. Mir machet weder die Hölle noch sonst irgendwas was. Ich gebe den König. Und jetzt küsset mir die Füße.«

Dreihundertsechzig Knöpfe

Dieweil er Pannocchia und Carestia zu Boden wirft, um sich die Füße küssen zu lassen, siehet Millemosche jemand, der sein Lumpengewand trägt, und dieser jemand ist niemand anderer nicht als der frühere König, welcher die Treppe heraufsteigt, um gemeinsam mit einer Madame in die Kirche zu gehen. Mit einem Knietritt befreit sich Millemosche von Pannocchia und mit einem weiteren von Carestia. Dann pflanzt er sich vor dem Angesichte des Königs auf und wirft einen Blick auf die Madame. Sie ist schön und dick, wie all jene Frauen, die Tag für Tag und über viele aufeinanderfolgende Jahre gegessen haben.

»Wer ist diese Madame?«
»Die Königin.«
»Dann ist sie ja meine Gemahlin.«
»Nein. Ich habe zwar darauf verzichtet, König zu sein, doch habe ich nicht darauf verzichtet, Gemahl zu sein, zum wenigsten für diese wenigen mir noch verbleibenden Stunden.«
»Es tut mir ja unendlich leid, aber nun gehöret sie mir. Der König bin ich und daher bin ich auch ihr Gemahl, und sie ist meine Gemahlin.«
Millemosche streckt eine Hand zur Königin aus, um sie irgendwohin zu ziehen. Schön, warm und dick, wie lange ists schon, daß er keine Frau berührt. Allein, mit einem heftigen Rucke läuft die Königin davon, läuft die Treppe hinauf und schlüpft in die Kirche. Und Millemosche ihr nach. Er stolpert, überrennt kniende Leute und am Ende steht er wieder vor dem Mönch, der ihm mit ausgebreiteten Armen gleich einem Kreuze den Weg versperrt. Allein, Millemosche ist sich gewiß, im Rechte zu sein.
»Ich befehle dir, die Königin davon zu überzeugen, ihre ehelichen Pflichten zu erfüllen.«
»Ich nehme Befehle nur vom Allmächtigen hin.«
»Hör zu, ich werde dich aufknüpfen lassen.«
»Welche Bedeutung soll mein Leben schon haben? Ich bedauere nur, dich so wenige Stunden vor dem Ende der Welt eine so schwere Sündentat begehen zu sehen.«
Und so beschließet Millemosche in der Tat, daß diese Sündentat Pannocchia und Carestia begehen, denn sie sind es, welche den Mönch auf seinen Befehl hin aufknüpfen sollen. Und wenn sie ihn nicht aufknüpfen, dann wird er sie aufknüpfen lassen.
»Knüpfet ihn auf!«
Und alsobalde sie den Mönch fortgeführt haben, läuft Millemosche wieder der Königin hinterher, welchselbige durch einen nicht überdachten Flur zu den königlichen Gemächern entweicht. Millemosche geht eine kleine Treppe hinauf, tritt durch die falsche Tür, kehret zurücke und tritt durch die richtige Tür, eilt den nicht überdachten Flur entlang und gelangt vor eine weitere Tür, durch

welche er die Königin hat eintreten sehen. Er ist vor lauter Laufen außer Atem und ruft der Königin zu: warte auf mich und gehorch deinem Gemahle, welchselbiger ich bin. Allein, die Königin entflieht immerzu von einem Zimmer zum anderen, wobei sie ihm die Türen vor der Nase zuschlägt. Allein, man siehet, daß auch sie nicht mehr kann, und so wirft sie sich am Ende oben auf eine Treppe, dieweil Millemosche, aus Nase und Ohren schnaubend, auf halbem Wege stehenbleibt.

»Ich kann nicht mehr. Ich komme jetzt ganz langsam zu dir hinauf, doch du bleibest, wo du bist und rührest dich nicht.«

»Was willst du?«

»Ich will dich mit einem Finger berühren, sonst nichts.«

»Nur mein Gemahl darf mich berühren.«

»Dein Gemahl bin jetzt ich.«

Millemosche gibt sich alle Mühe, sie daran zu erinnern, daß sie seit vielen Jahren zusammen geschlafen hätten, und daß er sich sehr wohl daran erinnere, wie sie das erste Mal miteinander ins Bett gegangen seien und er sie hinter dem Ohr gestreichelt habe. Und an die Nacht, als er einen Floh gefangen und ihn aus Liebe zu ihr getötet habe. Und an die andere Nacht, als er sich einen Zeh verstaucht habe beim Versuch, eine Fledermaus zu fangen, die ins Schlafgemach eingedrungen sei. Kurz: er versucht, sie mit Erinnerungen zu rühren, doch sie glaubet nur wenig daran, genauer gesagt, sie glaubt ihm kein Wort nicht. Da nun, um sie zu überzeugen, spricht Millemosche von dem Schönheitsfleck oberhalb ihrer linken Titte. Und sie behauptet, sie habe gar keinen Schönheitsfleck oberhalb ihrer linken Titte, allein, als sie in ihren Ausschnitt blickt, entdeckt sie, daß sie ihn wirklich hat. Daraufhin läuft sie wieder fort und bleibt in einem Zimmer ohne zweiten Ausgang stehen. Hier läßt sie sich zu Boden sinken und harret Millemosches, der auch wirklich nach einer Weile in der Türe erscheint. Das einzige, worum sie bittet, ist, er möge sie mit Gewalt nehmen, weil sie nicht durch Vorsatz sündigen wolle, jetzt, wo die Welt zu Ende gehe. Auf jeden Fall aber müsse er diesen

beiden sagen, daß sie den Mönch nicht aufknüpfen dürften, weil dieser nachher noch als ihr Beichtvater gebraucht werde. Als er höret mit Gewalt, beginnt Millemosche zu lachen. Er hat ja nicht einmal mehr genug Atem, um eine Kerze auszublasen und seine Hände sind wie weicher Käse. Die Gewalt. Seinen Fingern gelingt es nicht einmal, den ersten Knopf des langen Gewandes der Königin aufzuknöpfen. Und so macht sie sich nun damit zu schaffen, weil sie es einfach nicht hinnehmen will, ganz umsonst soviel gerannt zu sein.
»Ich helfe dir.«
»Wie viele Knöpfe sinds?«
»Dreihundertsechzig.«
»Dann geb ich auf.«
»Nein, jetzt gibst du nicht auf.«
»Ich bin am Ende.«
»Nein, du bist nicht am Ende.«
»Und doch bin ichs.«
»Du hast gesagt, du seiest mein Gemahl, dann benimm dich auch wie ein Gemahl.«
Die Königin knöpft ihre dreihundertsechzig Knöpfe auf und darnach auch die von Millemosche.

Der Hals in der Schlinge

Der Galgen stehet in einer Ecke des Burghofes. Zu sehen sind das hölzerne Podest und die beiden Balken, welche den Strick mit der Schlinge halten. Zu sehen ist auch der hölzerne Würfel, welcher unter die Füße des Verurteilten gestellt und vom Henker im letzten Augenblicke mit einem kräftigen Tritt beseitigt wird. Pannocchia und Carestia heißen den Mönch auf den hölzernen Würfel steigen und legen ihm die Schlinge um den Hals. Sie zählen aus: an, dan, des, um zu sehen, wer von beiden den Tritt gegen den Würfel ausführen soll, aber sie streiten schon, noch bevor sie mit dem Auszählen fertig sind.

Weil, wenn man zu zweit ist und bei einem mit dem Auszählen beginnt, der andere immer der Verlierer ist. Wer soll also mit dem Auszählen beginnen? Sie wenden sich an den Mönch, der sie mit dem Kopf in der Schlinge ansieht. Der Mönch sagt, es sei besser für sie, so zu tun, als wäre ein Dritter anwesend und sie sollten auch einen Baum beim Auszählen miteinbeziehen. Sie versuchen, das Auszählen auf diese Art durchzuführen. Am Ende zeigt die Hand auf den Baum. Und was nun? Nichts, sagt der Mönch. Allein, Pannocchia und Carestia wissen, daß sie am Galgen enden werden, wenn sie ihn nicht aufknüpfen. Sicher, da ist zwar auch noch das Ende der Welt und das Jüngste Gericht, aber sie spüren bereits, wie sich der Strick um ihren Hals legt, und der ist schlimmer als das Ende der Welt und das Jüngste Gericht. So beschließen sie, ihn beide gemeinsam aufzuknüpfen.
»Doch zuerst mußt du uns noch lossprechen.«
»Ich kann euch nicht lossprechen für eine Sünde, die ihr noch nicht begangen habt.«
»Da kannst du beruhigt sein, die Sünde begehen wir ganz gewißlich.«
»Allein, wenn ihr sie begangen habt, werde ich bereits tot sein und kann euch die Lossprechung nicht mehr gewähren.«
»Gibt es denn keinen anderen Mönch hier in der Burg?«
»Nein.«
»Und wieso knüpfest du dich nicht selber auf?«
»Das wäre Selbstmord, und ich würde geradeswegs in die Hölle fahren.«
»Also mit dir kann man wirklich keine Einigung erzielen. Hilf uns doch ein wenig. Unter anderem würde es dir Vorteil einbringen, denn stürbest du jetzt, kämest du gegenüber den anderen ein paar Stunden früher in den Himmel. Um Mitternacht sterben wir alle, und wer kann sich schon das Durcheinander vorstellen, welches dann folgt.«
Dieweil Pannocchia und Carestia freundschaftlich mit dem Mönch parlieren, tritt Millemosche herzu. Er hat alle seine Kräfte wiedergefunden und auch ein Großteil

seiner Bösartigkeit. Er setzt sich auf das hölzerne Podest unter dem Galgen, rückt die Krone auf seinem Kopfe zurecht, welche ein bißchen zu groß für ihn ist, und beginnt dann, mit dem Rücken zu Pannacchia und Carestia gewandt, zu sprechen.
»Warum habt ihr ihn noch nicht aufgeknüpft?«
»Majestät, wir haben Angst vor der Hölle.«
»Ach, ist das so? Dann lasse ich eben euch beide aufknüpfen.«
»Du wirst niemanden finden, Majestät, der uns aufknüpfet. Alle haben Angst vor der Hölle.«
»Ich nicht. Ich komme sowieso dorthin.«
Allein, noch nie hatte man davon vernommen, daß ein König jemand mit eigener Hand aufknüpfet; um so schlimmer, wenn dieser Jemand zweie sind, und am allerschlimmsten, wenn die zweie Pannocchia und Carestia sind. Sie sind fähig, ihm lieber einen Fußtritt in den Bauch zu verpassen, als sich aufknüpfen zu lassen. Was für ein Bild würde ein König abgeben, der einen Fußtritt in den Bauch verpaßt bekommt? Auch Millemosche würde, wenn er einen Fußtritt in den Bauch verpaßt bekommt, ein jämmerliches Bild abgeben. Vielleicht wäre dann ein Duell bis zum letzten Blutstropfen vorzuziehen. Doch wenn er dabei sein Leben lassen würde? Sicher, bis zum Ende der Welt sind es nur noch wenige Stunden, aber auch auf diese würde er nicht gerne verzichten. Vielleicht also ein Duell bis zum vorletzten Blutstropfen. Nichts da, ein König erteilt Befehle und Amen. Dem König müssen alle gehorchen, auch der Mönch.
»Jetzt komm da herunter und gehe jemand suchen, der dich aufknüpft. Und denk dran, wenn ich zurückkomme, will ich dich hängen sehen, sonst bring ich dich um.«

Das Mitternachtsfeuer

Rings um einen großen Scheiterhaufen, der in der Mitte des Burghofes entzündet ward, stehen ein Haufen Leute, welche Gegenstände in die Flammen werfen. Kleider, Hüte, Wechselmünzen und goldene Medaillons, Schachbretter, Würfel, Pelze, silberne Teller und Leuchter. Mit einem Wort: alles, was drinnen und draußen vor dem Hause nützlich sein kann. Die Gesichter dieser Menschen treiben einem die Tränen in die Augen. Die meisten tragen Sackleinwand und gehen barfuß. Die Verkrüppelten und Gelähmten zeigen wohl die lauterste Reinheit, gleichsam als gäbe es eine Hoffnung, in der anderen Welt Beine oder Arme wiederzubekommen. Der eine und andere lehnt seinen Kopf zum Beten an die Mauer. Auch öffentliche Beichten werden abgelegt. Frauen, welche allen erzählen, wie sie ihre Männer betrogen haben, Männer, welche sie gerne verprügeln würden, doch weil dies Sünde wäre, tun sie so, als würde es ihnen Spaß machen, Hörner aufgesetzt zu bekommen. Viele Frauen schneiden sich die Haare ab, so, als wären sie der Anlaß zu ihren Sünden. Dann sammeln die Ehemänner diese Haare ein und werfen sie ins Feuer, und dem einen und anderen widerfährt es, daß er zusammen mit den Haaren auch seine Frau ins Feuer wirft. Millemosche, Pannocchia und Carestia streifen unter diesen verzweifelten Menschen herum, ohne auch nur ein Wort zu sagen. Aus lauter Furcht vor der Hölle klappern sie mit den Zähnen. Irgendwann legt Pannocchia sein Würdenträgergewand ab und wirft es in die Flammen. Da packt ihn Millemosche fest am Halse.

»Denk dran, du stirbst als Reicher und nicht als Armer, auch wenn du deine Gewänder fortgeworfen hast.«

»Ich bin arm. Bin immer arm gewesen.«

»Du irrest. In diesem Augenblicke schenke ich dir die halbe Burg.«

»Ich will sie nicht.«

»Sie gehöret dir, denn ich bin es, der hier kommandieret, und mein Wort ist Gesetz.«

Daraufhin wälzet Pannocchia sich im Schlamme aus lauter Verzweiflung und ein wenig auch, um den Ewigen im Himmel zu täuschen. Wenn einer sich dort drüben ganz verschlammt zeigt, merken sie es möglicherweise nicht, daß er ein Würdenträger ist und eine halbe Burg besitzet. Auch Carestia wälzet sich im Schlamme, und Millemosche versetzt ihnen beiden Fußtritte. Und sie wiederum bedanken sich. Da nun nimmt Millemosche einen Strick und peitscht sie. Und sie bedanken sich wieder. Er weiß nicht mehr, was er tun soll und beginnt, mit sich selbst zu sprechen. Er spricht auch drei, vier Wörter auf lateinisch, die zwar keine Gebete sind, aber viel fehlt dazu nicht. Dicht bei ihm sind drei Alte, denen es kalt ist. Sie starren fest auf ein merkwürdiges Gerät aus Glas.
»Was ist das?«
»Eine Sanduhr, Majestät.«
»Wozu ist sie nütze?«
»Mit ihr mißt man die Zeit.«
»Und was weiter?«
»Wenn aller Sand unten ist, bedeutet das, es ist Mitternacht.«
»Allein, des Sandes ist gar wenig.«
»In der Tat fehlt nicht mehr viel bis zum Ende der Welt, Majestät.«
»Und wieso fügt ihr keinen weiteren Sand hinzu?«
»Die Mitternacht kommet gleichwohl, Majestät.«
»Ja, schon, aber vielleicht ein wenig später.«
»Der Sand kann die Zeit nicht aufhalten, Majestät.«
»Ich befehle es euch!«
Dieweil die drei Alten noch mehr Sand für die Sanduhr suchen gehen, lehnt Millemosche auch seinen Kopf an die Mauer und wendet sich unmittelbar an den Ewigen im Himmel, das heißt an Gott. Einen solchen Scherz durfte er sich mit ihm nicht erlauben. Wie konnte er sich nur einfallen lassen, die ganze Welt in die Luft zu jagen? Wo werden all die Menschen enden, welche sterben werden, und wo will er sie hintun? Warum will er soviel Durcheinander droben im Himmel veranstalten, indem er ihn mit abgeplagten, völlig verlausten Lumpenbrü-

dern vollstopft? Und was ist mit den Tieren, wohin kommen die Tiere? Beispielsweise die Pferde. Und die Löwen. Er wird doch wohl nicht daran denken, Menschen und Tiere zusammenzupferchen. Das wäre eine Katastrophe. Allein, der große Fehler ist der Tod. Ein nie aufhörender Fehler. Wem nützt schon der Tod? Sicher, die Seele und das ewige Leben, aber der Tod ist in jedem Fall ein Fehler.

»Unter anderem weiß ich nicht, was diese Seele ist. Wie ist sie beschaffen? Hat sie Beine? Hat sie einen Mund? Und wenn sie ihn hat, welche Sprache spricht sie dann? Wenn sie lateinisch spricht, versteh ich sie nicht. Was das Essen angeht, scheint sie nicht zu essen, und das ist denn doch ein gewaltiger Vorzug, allein, was macht sie dann den ganzen Tag?«

Millemosche wartet auf die Antwort von Gott und hält die Hände trichterförmig an seine Ohren, weil die Stimme Gottes, so sie denn kommt, von weit herkommt. Er hört Schreie und ein lärmendes Durcheinander. Allein, nicht vom Himmel. Nein, vielmehr war es den Alten nicht gelungen, noch mehr Sand für die Sanduhr aufzutreiben, und so ist ihnen bewußt geworden, daß Mitternacht vorüber ist. Dann also gibt es kein Ende der Welt mehr! Das hat sogar der König begriffen, der wirkliche, und auch seine Soldaten, die jetzt zu Millemosche herübergelaufen kommen. Sie packen ihn im Nacken. Vorher hatten sie bereits Pannocchia und Carestia gefaßt. Wäre das Ende der Welt gekommen, wäre es mit der Hölle und allem anderen gar schlimm gewesen, doch so stehen die Dinge für Millemosche, Pannocchia und Carestia vielleicht noch schlimmer.

Zweihundert Strafen

Alles fängt von vorne an. Der wirkliche König hat die Befehlsgewalt über die Burg wieder an sich gebracht, und seine Anweisungen fliegen durch die Flure, eilen die steinernen Treppen hinunter, gelangen in den Burghof, wirbeln die vom Holzfeuer übriggebliebene Asche auf und schlagen wie Sturmwindböen auf die armen Rücken der Bauern, der Behinderten, der Verkrüppelten und aller Bettler nieder, welche sich in die Burg geflüchtet hatten, und verstreuen sie über das winterliche, außerhalb der Burgmauern liegende Land.
In kürzester Zeit kehrt wieder Stille ein. Am Horizont eine eisenfarbene Morgendämmerung. In die Mitte des großen Salons ist eine Wanne heißen Wassers gebracht worden. In der Dampfwolke, welche bis zur Decke hinaufsteigt, sitzt der König, der sich wäscht, um von der Haut den Geruch loszuwerden, den Millemosches Lumpen bei ihm hinterlassen haben. An die Mauer gelehnt, schreibt ein Würdenträger alle Torturen nieder, welche der König für Millemosche, Pannocchia und Carestia befiehlt. Zuerst werden sie mit einer Haarnadel durchstochen, darnach werden ihnen die Ohren mit einer Schere kürzer gemacht, darnach werden ihnen mit einem verrosteten Messer die Zehen und die Finger abgeschnitten, alsdann müssen sie einen Tiegel glühender Kohlen aufessen. Hin und wieder unterbricht der König die Aufzählung und fragt, wie viele es bis dahin seien, denn er will auf zweihundert kommen. Er steigt aus dem Wasser und trocknet sich mit einem Schafsfell ab. Sein Kopf versinkt in dem Fell, erscheint aber gleich darauf wieder, weil ihm noch eine Tortur eingefallen ist. Die chinesische nämlich, mit dem Wassertropfen, der immer auf dieselbe Stelle fällt und ein Loch macht. Er will ein Loch im Kopf von Millemosche machen. Der Würdenträger schreibt. Die Flure und Treppen schweigen. Noch einmal erhebt der König das Haupt.
»Anstelle des Wassers, verwenden wir Essig.«
Wieder verbirgt er sein nasses Haupt in dem Schafsfell

und ganz allmählich versinkt er in einen ruhigen, schweren Schlaf.

Dieses und jenes

Millemosche, Pannocchia und Carestia werden in den Turm geworfen und sprechen über dieses und jenes.
»Meiner Meinung nach knüpfen sie uns auf.«
»Meiner Meinung nach schlagen sie uns den Kopf ab.«
»Meiner Meinung nach verbrennen sie uns.«
»Meiner Meinung nach schlitzen sie uns den Bauch auf.«
»Meiner Meinung nach schneiden sie uns in Scheibchen gleichwie eine Salami.«
»Ich hab gehört, daß der König von einem Wassertropfen gesprochen hat.«
»Der macht mir keine Angst.«
»Sie lassen dir ein Jahr lang einen Wassertropfen auf den Kopf fallen, und der fällt immer auf dieselbe Stelle. Nach einem Monat wird jeder Tropfen so schwer wie ein Keulenschlag. Nach zwei Monaten macht er dir ein Loch, gleichso als wärs ein Nagel.«
»Immer noch besser als das Schwert.«
»Das stimmt nicht. Lieber gleich sterben als ein Jahr lang zu sterben.«
»Auch ich bin dafür, lieber gleich zu sterben.«
»Bitten wir sie, uns doch lieber gleich umzubringen.«
»Wen?«
»Die beiden Sarazenen, die vor der Türe Wache stehen.«
»Wer soll sie darum bitten?«
Pannocchia steht entschlossen auf. Er geht auf die Tür zu, späht verstohlen durch die Gitterstäbe zu den beiden Sarazenen hinüber, welche mit dem Kopf an die Eisenstäbe gelehnt schlafen. Er streckt eine Hand zu einem der beiden Köpfe aus und es gelingt ihm, den großen Turban zu berühren. Dann packt er ihn an der Spitze und versetzt dem Sarazenen einen heftigen Stoß, um ihn aufzuwecken.

In seiner Hand bleibt ein großer Wickel aus Seide, der sich entrollt. Pannocchia zieht ihn in die Gefängnisgruft und häuft ihn auf dem Boden zusammen. Er ist unvorstellbar lang. Millemosche und Carestia schauen Pannocchia zu, und schon denken sie, daß sie, gäbe es noch einen ebenso langen, sich aus dem Fenster herunterhangeln könnten. Zitternd greift Pannocchia noch einmal durch die Stäbe und beginnt ganz sachte, auch den Turban des anderen Sarazenen abzuwickeln, welcher sogar noch etwas länger ist als der erste. Sie verknoten die beiden Seidenwickel miteinander und knüpfen dann noch weitere Knoten, um nicht abzurutschen. Allein, aus dem Burghofe hört man das Schlagen der Hufe eines Pferdes und die Stimme des Königs, welcher den dreien ein schönes Fest anstellen läßt. Da nun binden sie das eine Ende des Wickels an das Eisen eines Fensters und hangeln sich außen am Turme herunter. Zuerst Pannocchia, denn er hat die Wickel aufgetrieben, danach Carestia und zum Schlusse Millemosche, zur Strafe für alle Strafen, welche er ihnen zugefügt hat, als er noch König war. Allein, schon drehen die Sarazenen den Schlüssel im Schloß und betreten die Gefängnisgruft. Millemosche schließt die Augen und begibt sich ebenfalls auf den Weg nach unten. Als er sie wieder öffnet, erblickt er die Sarazenen, die oben damit beschäftiget sind, den Seidenstrick mit dem Krummsäbel durchzuschneiden. Noch ist er mindestens zwanzig Meter von der Erde entfernt. Gerade noch rechtzeitig kann er sich in ein Turmfenster schwingen. Pannocchia und Carestia dagegen machen einen Sprung von wenigen Metern und landen in einer dichten Dornenhecke. Mit zerschlagenen Knochen und durchbohrter Haut gleichwie zwei Heiligesebastiane flüchten sie über die Felder.

Eine Rüstung voll Millemosche

Der Raum, in welchem Millemosche gelandet ist, steht voller Rüstungen, Hellebarden, Lanzen und großen Kampfbogen. Die einzige Tür ist von außen verschlossen. Millemosche bewegt sich zwischen den robusten Eisenrüstungen, hebt verschiedene Visiere hoch, aus Angst, jemand könnte sich in den Rüstungen verborgen haben; allein, sie sind leer, nur eine kalte, dunkle, menschengestaltige Luft weht ihm entgegen. Auch von dort kann man vernehmen, daß die Burg in Aufruhr ist und die Wachen und Soldaten wegen ihrer Flucht in Alarm sind. Er blickt just zu dem Zeitpunkte aus dem Fenster, als die Zugbrücke heruntergelassen wird, einige Reiter im Galopp über sie sprengen und fächerförmig über die Felder jagen, wo sie in Hecken stochern und Höhlen und Gräben absuchen. Gern würde Millemosche noch weiter den Raum erkunden, um ein Schlupfloch nach draußen zu finden, allein, er hört, wie einige Soldaten dabei sind, die Türe zu öffnen. Da nun stürzt er sich hierhin und dahin, um sich zu verstecken. Als erstes hinter einen Haufen von Lanzen, doch dann denkt er nach und schlüpft in eine große, schwere Rüstung. Just in diesem Augenblicke betreten die Soldaten den Raum und greifen nach Lanzen und Hellebarden. Einer von ihnen geht zu der von Millemosche besetzten Rüstung und versucht, sie zu öffnen, doch er handelt sich einen Tritt ins Gemächt ein, der ihn zu Boden streckt. Nach und nach, so wie sie sich bewaffnet haben, gehen die Soldaten wieder hinaus, und hinter ihnen kommt auch Millemosche nach. Er geht langsam und ungelenk, denn seine Rüstung ist gar schwer, und außerdem ist er es nicht gewohnt, mit all diesem Eisenwerk um den Leib sich zu bewegen. Er stolpert und stürzt einige Male, stößt sich den Kopf und den Rücken und zerdrückt die Haken und Ösen, welche die verschiedenen Teile der Rüstung zusammenhalten. Die Füße nachschleppend, gelangt Millemosche in den Burghof und geht zu den Pferden, die dort herumstehen und auf ihre rüstungsgewandeten Ritter warten. Nun wäre es zwar schön, ein Pferd zu besteigen und im Galopp über die Felder zu sprengen, allein, es gelingt ihm nicht, das Bein zu heben, um den Fuß in den Steigbügel zu schieben. So hält er sich am Schweife fest und gibt dem Pferd einen Schlag, damit es davonläuft. Er überqueret die Zugbrücke unter den verblüfften Blicken der Wachen, allein, am meisten verblüfft ist das Pferd, das noch nie einen Rittersmann wie diesen erlebt hat. Schritt für Schritt führt das Pferd Millemosche einen Feldweg entlang und zieht ihn nach, bis es auf die Kuppe eines Hügels gelangt. Hin und wieder spricht Millemosche mit ihm, und wirklich ist es, als würde das Pferd ihm zuhören, denn es drehet sich oft nach ihm um und blicket ihn an. An einer ruhigen, abseits gelegenen Stelle bleiben sie stehen. Doch alsobald Millemosche den Schweif losläßt, um sich zu erholen, sprengt das Pferd im Galopp zur Burg zurücke. Nun versucht Millemosche sich hinzusetzen, allein, er kann die Beine in der rostigen Rüstung nicht beugen. Da läßt er sich rücklings hinfallen, gleichwie ein Toter. Mit seinem ganzen Körper schlägt er auf der weichen, morastigen Erde auf, verharret ein Weilchen in dieser Lage, um den Himmel zu betrachten und sich zu fragen, wo wohl seine Freunde Pannocchia und Carestia sein könnten. Da wird er es gewahr, daß er zur anderen Seite des Hügels hinabrutscht. Ein langsames, doch stetiges Rutschen, gleichsam als würde er auf einem schlammigen Flusse dahinschwimmen. An manchen Stellen drehet er sich um sich selbst, und dann gehet die Fahrt kopfüber weiter. Dann kommt er wieder in die Gerade, wobei er die Arme zu Hilfe nimmt, welche ihm als Steuerruder dienen. Er rutscht gar über eine von nassem Grase bedeckte Wiese, bis es ihm gelingt, die Füße auf den Grund eines großen, steinigen Flußbettes zu stellen. Und nun versucht er, die Rüstung abzuwerfen, allein, es gelingt nicht. Sie klemmt überall. Da geht er weiter auf den Steinen des Flusses und schleift die Füße mühevoll nach. Doch weiß auch er nicht, wohin er gehen soll, dergestalt bedeckt mit Eisenwerk vom Kopf bis zu den Füßen. Da bleibt er inmitten des Flusses stehen, aufrecht auf seinen

Füßen, und wartet, daß irgendein Irgendwer vorbeikommen möge.

Wer schläft, wird geweckt

Millemosche ist dort, mitten im Kiesbett des Flusses, eingeschlossen in seine Rüstung, welche in der Sonne glänzt. Er sieht aus wie eine Schabe auf Füßen. Hinter ihm sind zwei von seinen Eisenfüßen gescharrte Furchen. Alles am Fluß ist menschenverlassen. Auf dem eisernen Helm läßt sich zunächst eine Überseetaube mit zerzaustem Gefieder nieder, dann eine Gartengrasmücke und danach viele Hornissen, Fliegen und Wassermükken, die in Wolken und Wölkchen heranschwirren. Zuletzt hält eine Drossel auf der eisernen Schulter, welche Jagd auf menschliche Augen macht. Sie hat den Geruch von Freßbarem wahrgenommen, allein, sie fliegt sogleich davon, denn der Lärm eines fernen Pferdes hat sie verängstigt. Und wirklich, hinten, von der steinigen Ebene her, sprengt in schnellem Galopp ein Rittersmann zu Rosse heran. Die zum Halten gebrachten beschlagenen Hufe sprühen Funken, der Lärm wird immer lauter. Der Rittersmann hat sein Haarbüschel auf dem Kopfe verknotet, sein hakenförmiges Nasenbein steht weit hervor, wie bei einem Adler oder einem Uhu, die kleinen Äugelein funkeln und sein ganzes Gesicht ist durch empfangene Schwertstreiche in Schlachten oder in Hosterien durcheinandergeraten. Alsobald er die riesige, stille stehende Rüstung inmitten der Flußkiesel bemerkt, zieht er an den Zügeln, und das Pferd schlägt mit seinen Hufen über die Steine, die in alle Richtungen davonfliegen. Der Rittersmann steigt vom Pferde und kommt auf die Rüstung zu, welche er argwöhnisch beäugt. Die Zunge kommt ihm aus dem Munde, und er zwirbelt schon an seinem Barte, so, als würde die Rüstung ihm ausnehmend gut gefallen. Gleichwohl hält er sich einige Meter

entfernt, weil der in der Rüstung verborgene Krieger jäh auf ihn einschlagen könnte. Er versucht, ihm Fragen zu stellen.
»Wer bist du?«
Aus der Rüstung kommt keinerlei Antwort. Dagegen dringt ein stetes, eisenhaltiges Schnarchen aus ihrem Inneren. Da nähert sich der Rittersmann mehr und streckt, ermutigt durch dieses friedfertige Geräusch, eine Hand aus und hebt das Visier hoch. Millemosches Gesicht erscheint zur Hälfte. Er schläft. Der Rittersmann bläst in dieses Gesichte und wird jählings von den eisenbeschlagenen Händen und Armen wie von einer Zange umschlossen.
»Nun hilf mir, aus dieser Rüstung herauszukommen, oder ich lasse dich nie wieder los!«
»Wie soll ich dir helfen, wo du mich gefangen hältst?«
»Doch wenn ich dich loslasse, läufst du weg.«
»Ich laufe nicht weg.«
»Schwör es.«
»Ich schwöre.«
Millemosche entläßt seine Beute. Der Rittersmann spuckt sich in die Hände, dann geht er langsam um Millemosche herum, um die am besten geeignete Stelle zur Öffnung der Rüstung zu finden. Er versetzt den eisernen Verschnürungen verschiedentlich heftige Schläge, allein, nichts geschiehet. Millemosche hebt das Visier hoch und sagt ihm, er solle es mit einem Stein versuchen. Der Rittersmann hebt einen spitzen Stein auf und beginnt, auf die Verbindungsstellen zu schlagen. Dann ziehet er. Nichts. Er beginnt wütend zu werden, und die Augen kreisen ihm in den Augenhöhlen. Er liest ein Stück Holz auf, doch auch das taugt nichts. Dann blickt er um sich als würde er wer weiß was suchen. Am Ende hebt er einen großen, schweren Stein auf und nach einem kurzen Anlauf schleudert er ihn Millemosche in den Rücken. Die Rüstung dröhnet und noch lauter dröhnet der verzweifelte Schrei dessen, der in ihr eingeschlossen ist. Doch der Rittersmann hört gar nicht darauf. Schon hat er einen weiteren großen, schweren Stein hochgehoben

und schleudert ihn so lärmend gegen die Rüstung, daß die Erde erzittert. Dann einen weiteren, dann folgt ein wahrer Steinhagel, und bei jedem Schlag antwortet der arme Millemosche mit immer erstickteren Schmerzensschreien, so als würde er sterben. Basta!

»Vonwegen! Ich bin ein Dickschädel und es muß mir gelingen. Und außerdem habe ich einen Schwur geleistet.«

»Dein Schwur zählt nicht, du hast ihn bei nichts geschworen.«

»Gedenke, ich bin ein Rittersmann.«

»Was das angeht, so bin ich auch einer.«

»Und wo ist dein Pferd?«

»Weggelaufen.«

»Ich habe geschworen, dich da herauszuziehen, tot oder lebendig.«

»Wenn du mich hier herausziehest, bring ich dich um!«

Der Rittersmann holt einen Strick von seinem Pferde und bindet diesen quer um Millemosche. Dann springt er aufs Pferd, gibt ihm die Sporen, und es jagt wie ein Blitz davon. Der Strick, der um Millemosche gebunden ist, macht einen Ruck, und die schwere Rüstung beginnt, über den steinigen Grund zu springen und versprüht Funken in alle Richtungen. Weiter geht der Ritt über das Flußbett. Die Rüstung schlägt mit dem Kopfe überall an. Die Luft wird erfüllt von einem ohrenbetäubenden Lärm, und die Vögel fliegen kreischend davon. Doch plötzlich reißt der Strick. Der Rittersmann bringt sein Pferd zum Stehen, kommt zu Millemosche herüber, welcher zwischen den Steinen in seiner Rüstung lieget, er beugt sich über ihn und hebt das Visier hoch, um ihm ins Gesicht zu fluchen. Millemosches Augen sind so weit aufgerissen, als würden sie die Hölle leibhaftig vor sich sehen. Er bringt gerade noch heraus, die Lepra soll dich holen, dann fallen sie zu, ohne den Rittersmann auch nur anzusehen, welcher zu seinem Pferde zurückgekehrt und aufgestiegen ist und seinem oder jemandes anderen Schicksal entgegenreitet.

Die steinernen Äpfel

Millemosche liegt in der Mitte des Flußbettes, da, wo ihn der Rittersmann zurückgelassen hat. Er ist wie tot. Doch dann bewegt er einen Arm. Dann auch die Beine und versucht, aufzustehen oder sich zum wenigsten hinzusetzen. Trotz des Stöhnens und der Anstrengungen sieht er sich leider dazu verdammt, in der Waagerechten zu verweilen. Da beginnt er, aus voller Kehle zu fluchen.
»Nicht einmal ein Hund ist zu sehen, der dir eine Hand gibt. Nichts. Sieh nur, in welcher Lage sich ein Krieger wie ich zurechtfinden muß, daß die Lepra den hole, der diese Rüstung ersonnen hat.«
Ein weiteres Mal versucht er, sich aufzurichten, und just in diesem Augenblicke sieht er durch das Visier die Gesichter von Pannocchia und Carestia, die ihn ansehen, als würden sie in einen Brunnen blicken. Millemosche hat nicht einmal mehr den Mut, an das zu glauben, was er siehet.
»Lebt ihr oder träume ich?«
»Wir leben durch ein Wunder.«
»Um des lieben Gottes willen, richtet mich auf.«
»Unsere Kräfte sind am Ende.«
»Versuchet zum wenigsten, mich aufzusetzen.«
»Aufzusetzen auf was?«
»Auf den Hintern.«
Die beiden nehmen Millemosches Kopf und ziehen ihn hoch, um den Freund aufzurichten. Allein, er entgleitet ihren Händen, und so schlägt er mit einem lauten Bums auf die Erde. Das Visier fällt quietschend herunter, und von drinnen hört man einen Fluch, daß die Luft erdröhnt. Die beiden sind auf ihren Hintern gefallen und wühlen jetzt in ihren Taschen, als hätten sie etwas herauszuziehen. Und wirklich, sie kramen ein paar kleine grüne Äpfel hervor, die aussehen wie unreife Zitronen.
»Nichts da. Wir schaffen es wirklich nicht.«
»Versuchts noch einmal. Strenget euch an.«
»Laß uns erst einmal zwei, drei Äpfel essen, dann wirst du schon sehen, daß wir es schaffen.«

»Auch ich hab höllischen Hunger. Hebt mein Visier hoch und lasset mich essen.«
Carestia macht einige Versuche, das Visier hochzuschieben, allein, es will ihm nicht gelingen. Und so isset er weiter, ohne auf Millemosches verzweifeltes Geschrei zu achten. Im Nu essen sie alle Äpfel auf, die sie haben, und weil Millemosche weiterjammert, nehmen sie zwei runde Steine und stecken sie ihm in die Hand, als wären es Äpfel.
»Wir geben dir hier zwei Äpfel, die issest du nachher.«
Millemosche umschließt die beiden Steine und hört auf zu jammern.
»Jetzt richtet mich auf wie die es da unten gemacht haben mit den Pyramiden.«
»Was für Pyramiden?«
»Man muß euch wirklich alles erklären, euch und eurer Unbildung. Wißt ihr, was die Pyramiden sind?«
»Nein.«
»Und ich will es auch gar nicht wissen.«
»Das waren sehr hohe Gräber, die spitz zuliefen.«
»Wenn du ein Grab willst, kann man sich diese ganze Mühe sparen. Wir schaufeln ein Loch und dann häufen wir ein bißchen Erde auf dich.«
»Statt dessen müßt ihr Erde unter mich schieben, nicht auf mich häufen. Wenn ihr Erde unter meinen Rücken schiebt, richtet ihr mich ganz allmählich zum Sitzen auf.«
»Aber hier ist keine Erde.«
»Das macht nichts, jedes Material ist recht. Steine beispielsweise oder Sand, wie für die Pyramiden.«
Da nun machen Pannocchia und Carestia sich daran, Steine zu sammeln, und sie versuchen, sie unter Millemosches Rücken zu schieben. Und wirklich, ganz allmählich richtet sich sein Rumpf auf, und als Millemosche auch handfest mitmacht, geht die Arbeit noch schneller voran. Eine Stunde später sitzt Millemosche endlich, und als erstes will er, da er nicht essen kann, zum wenigsten einen Blick auf die beiden Äpfel werfen, welche er in der Hand hält. Alsobald er den Betrug bemerkt, läßt er die beiden Steine fallen, ohne auch nur ein Wort zu sagen. Er

hat nicht die Kraft, sich wegen zweier Äpfel zu streiten, das heißt wegen zweier Steine. Auch Pannocchia und Carestia tun lieber so, als wäre nichts.
»Und was nun? Müssen wir Steine auch unter die Beine schieben?«
»Dummköpfe. Wenn ihr mir Steine unter die Beine schiebt, werdet ihr mich am Ende wieder auf den Rücken werfen.«
»Also, was nun?«
»Grabet. Ihr müßt ein Loch unter meine Beine graben und noch mehr Steine in meinen Rücken schieben. Auf diese Weise werde ich am Ende aufrecht stehen.«
Pannocchia und Carestia glauben längst blindlings an alles, was Millemosche sagt, und so beginnen sie, die Erde unter den beiden großen eisernen Füßen wegzukratzen. Und wirklich, je mehr sie kratzen, umso mehr senken sich die Beine ab. Hin und wieder schnappen sie nach Luft, darnach machen sie sich wieder an die Arbeit. Die Beine sind jetzt so weit herabgesenkt, daß sie fast gerade stehen. Da nun macht Millemosche eine angestrengte Bewegung nach vorn, indem er seine Haltung um wenige Zentimeter verändert, und schon steht er aufrecht da. Anjetzt versucht er, langsam ans Flußufer zu gehen. Die anderen beiden versuchen, ihm mit Händen und Beinen ein wenig nachzuhelfen.
Endlich liegen die Steine hinter ihm, und es gibt einen Sandsaum, der bis ans Flußufer reicht. Aber auch ein wenig nassen Boden gibts, und ein Bein Millemosches versinkt alsogleich einen halben Meter. Auch das andere Bein versinkt, und er schreit um Hilfe. Die beiden anderen stürzen sich auf ihn, um ihn herauszuziehen, aber es ist, als würden sie ihn nur weiter hinabdrücken. Ja, selbst die beiden versinken und werden mit Schlamm besudelt. Unterdessen können sie nur noch mit den Armen sich bewegen, und der Schlamm steigt immer höher, das heißt sie sind es, die hinabsinken.
»Und was machen wir nun?«
»Wir warten.«
»Auf wen?«

»Auf jemand.«
»Ist dieser Jemand robust?«
»Wie soll ich das wissen, bevor er nicht angekommen ist?«
»Und wenn er nicht kommt?«
»Er kommt, er kommt.«
»Wer sagt dir das?«
»Eine Wahrsagerin.«
»Wann hat sie dir das gesagt?«
»Das hat sie nicht mir gesagt, sondern meiner Mutter.«
»Was hat sie ihr gesagt?«
»Daß ich alt sterben werde.«
»Wahrsagerinnen irren sich.«
»Wahrsagerinnen sagen wahr, das ist ihr Beruf.«
»Darf ich um Hülfe rufen?«
»Ruf leise, anderenfalls versinken wir.«
»Hülfe.«
»So aber höret dich keiner.«
»Also, was soll ich dann tun?«
»Versuch, still zu sein.«
»Einverstanden.«
»Du darfst nicht einmal einverstanden sagen, du darfst überhaupt nichts sagen und mußt stille stehen, wie ich es tue, und schweigen.«
»Aber du redest doch andauernd.«
»Schluß jetzt, ich rede nicht mehr.«
»Ich auch nicht.«
»Und ich auch nicht.«

Ein Esel rettet die Ertrinkenden

Pannocchia kann nicht länger an sich halten und ruft leise um Hülfe, allein, so leise höret ihn keiner. Carestia dagegen wendet den Kopf nach allen Seiten, um zu sehen, ob nicht jemand zu Hülfe eilet. Auch nach oben blicket er, gleichsam als könne jemand vom Himmel kommen, sie zu erretten. Ein Adler zum Beispiel. Doch nicht einmal eine Feder schwebt durch die Lüfte. Das Mittelalter ist voll großer Leeren, man kann tagelang laufen, ohne auch nur einer Menschenseele zu begegnen. Und Millemosche, Pannocchia und Carestia können zudem nicht laufen. Sie verharren wer weiß wie lange in ihrer Lage, und weder sprechen sie ein Wort, noch bewegen sie sich, bis sie zuletzt Geräusche im Röhricht vernehmen, welches das Flußufer bedecket. Eine Art Stampfen von einem Tiere. Und wirklich, nach einer Weile taucht der Kopf eines Esels auf, dann der ganze Esel, und hinter dem Esel erscheint auch ein vierschrötiger Bauer, der wie ein Kamel geht, das heißt er reckt den Kopf und den Hals nach vorn, zieht ihn dann zurücke und wirft seinen Bauch vor sich her. Die Beine dienen ihm kaum, er ziehet sie nach als wären sie aus Holz. Die Hände bewegt er um den Kopf, um die Fliegen zu vertreiben. Hin und wieder kratzet er sich. Als er gewahr wird, daß da drei Unglückselige in dem Morast stecken, bringt er den Esel zum Halten und betrachtet sie mit dummem Gesichte. Dann macht er zwei, drei Schritte und sagt sich derweil, er wolle sie doch fragen, was sie da machen.

»Was machet ihr da?«

»Siehest dus nicht? Wir gehen unter. Zieh uns mit deinem Esel heraus, dann werden wir dich dafür belohnen.«

»Jetzt will ich ihnen doch sagen, daß ich sie nicht kenne. Aber ich kenne euch nicht. Wer seid ihr?«

»Ich bin ein Rittersmann, und diese beiden sind meine Knechte.«

»Jetzt will ich sie doch fragen, wieviel sie mir geben. Wieviel gebet ihr mir?«

»Ich schenke dir diese Rüstung. Sie ist sehr wertvoll.«

»Jetzt will ich doch wissen, warum sie so wertvoll ist. Warum ist sie so wertvoll?«

»Sie ist in einem besonderen Verfahren aus Kaltstahl gemacht, außerdem reich verziert und in ihrer Form einmalig schön.«

»Jetzt will ich sie doch fragen, was ich mit einer Rüstung soll. Was soll ich mit einer Rüstung?«

»Du kannst sie verkaufen.«
»Jetzt will ich ihn doch fragen, wem ich sie verkaufe. Wem verkauf ich sie?«
»Einem Rittersmanne wie mir.«
»Jetzt versuche ich, ihm doch zu sagen, daß ich sie, wenn er sie mir gegeben hat, wieder an ihn verkaufe. Nun, wenn du sie mir gegeben hast, verkaufe ich sie wieder an dich.«
»Sei es, daß du sie mir verkaufest, sei es einem anderen Rittersmanne. Die Welt ist voll von Menschen, die eine Rüstung begehren.«
Der Bauer kehret ihm den Rücken zu und stellt mit lauter Stimme seine Überlegungen an, und zwar so: Haben sie mir nicht gesagt, daß, wenn ich sie herausziehe, sie mich belohnen? Sie geben mir die Rüstung. Also ist es besser, wenn ich sie herausziehe. Abgemacht, jetzt werfe ich ihnen den Strick hin. Und was machen sie dann? Sie ergreifen ihn. Und was mache ich? Ich treibe den Esel an. Und was machet der Esel? Der Esel ziehet sie heraus.
Seinen Überlegungen Punkt für Punkt folgend, wirft der Bauer ihnen den Strick zu, und als die dreie ihn um ihren Leib geschnüret haben, schlägt er dem Esel mit der Hand auf den Rücken, um ihn von der Stelle zu bewegen. Der Esel macht ein paar ruckartige Bewegungen, dann stemmt er seine Vorderhufe ab und gibt alles, was seine Kraft vermag, bis es ihm gelingt, die drei Unglücksgestalten aus dem Morast zu befreien und auf den trockenen Ufersaum des Flusses zu ziehen.
Dann kniet sich der Bauer zufrieden über Millemosche, der völlig von Schlamm bedeckt auf der Erde lieget.
»Jetzt sage ich ihm doch, daß ich mir die Rüstung nehme. Kann ich mir die Rüstung nehmen?«
»Sie gehöret dir, nimm sie nur.«
Der Bauer macht sich zu schaffen, die Rüstung freizubekommen. Er reißt mit aller Gewalt an ihr. Er stürzt zur Erde. Steht wieder auf. Versucht mit einem Stocke, in den Ritzen die Hebelgesetze anzuwenden. Flucht. Schreit mit lauter Stimme, was er machen soll. Will es dann Punkt für Punkt tun. Bleibt aber immer beim ersten stehen.

Wiederholt, daß zuvörderst die eisernen Verbindungsstücke aufgemacht werden müssen. Doch die Verbindungsstücke lassen sich nicht aufmachen. Dann sagt er sich wieder, daß zuvörderst die eisernen Verbindungsstücke aufgemacht werden müssen. Und macht sich dann wieder an den Verbindungsstücken zu schaffen. Allein, es geht nicht. Und wer weiß, wie oft er noch die gleichen Worte und die gleichen Bewegungen wiederholen würde, wenn nicht Millemosche dazwischenführe, um sein Hirn zu erleuchten.
»Es ist ganz sinnlos. Sie hat sich verklemmt.«
»Was sage ich dem hier nur? Ich weiß nicht, was ich ihm sage.«
»Nichts.«
»Jetzt antworte ich ihm, wies sich gebührt. Ich schleppe die Rüstung samt Inhalt fort.«
»Und dann?«
»Jetzt lege ich ihn aufs Kreuze. Dann verkaufe ich dich mitsamt der Rüstung. Die anderen werden sich schon was einfallen lassen, wie sie dich da herausbekommen.«
»Recht so, verkauf mich nur. Allein, ich kann nicht laufen, du mußt mich auf den Esel packen.«
Der Bauer kratzt sich am Kopfe, und nachdem er alles aufgezählt hat, was zu tun ist, bindet er Millemosche mit dem Stricke fest, wirft den Strick über den Ast eines großen Baumes und läßt sich von Pannocchia und Carestia helfen, Millemosche hochzuhieven. Nun, da Millemosche halb in der Luft hängt, schiebt er ihm den Esel unter die Beine. Pannocchia und Carestia lassen den Strick langsam locker, und zwar dergestalt, daß sie Millemosche rittlings auf den Esel setzen. Der Bauer eilt schnell zu seinem Tier, packt es am Zaumzeug und setzt sich am Ufer des Flusses in Bewegung, geht vor Carestia her, welcher den Hut zieht und den Esel begrüßt. Pannocchia blickt ihn verwundert an.
»Warum hast du vor dem Esel den Hut gezogen?«
»Um ihm zu danken. Er hat uns das Leben gerettet.«
Und so folgen auch sie dem Tiere, das mit seiner schweren Last vondannen trabt.

Eine Brücke über dem Kopf

Am selben Flusse, doch wesentlich weiter unten, findet eine ausgiebige Diskussion über einen großen Brückenbogen statt, der gerade fertiggestellt wurde. Ein dichtes Gerüste aus Holzbalken stützt noch das Bauwerk. So ziemlich alle melden sich zu Worte, Meister Calabrino, welcher den Brückenbogen ersonnen hat, der Meister Zimmermann, welcher die Stützpfeiler angebracht hat, die Steinschneider, welche den Travertin für den Brückenbogen in viereckige Blöcke zugehauen haben. Es geht um folgende Frage: Wird der Bogen halten, wenn man das Gerüste abgebaut hat? Der Bauherr, welcher abseits sitzet, fordert, daß das Gerüste abgebaut werden solle, denn er habe den Bau der Brücke in Auftrag gegeben und wolle eine Brücke, die ohne Stützpfeiler stehen bleibt und wolle, daß sie schön sei und wolle, daß sie vollkommen sei, anderenfalls werde er weder Meister Calabrino, noch den Meister Zimmermann, noch die Schmiede, welche Nägel und Bolzen geliefert, noch die Steinschneider, welche den Travertin in viereckige Blöcke zugehauen, noch die Handlanger, noch auch den letzten aller Bauern bezahlen, welche die Aushubarbeiten für die Fundamente besorgt hätten. Dieser gewisse Bauherr, welcher die Brücke hatte bauen lassen, heißt Speckbeißer, genauer gesagt Pappalardo, und er ist eine Art Fettberg oder Speckberg, mit wabbeliger Haut, welche ihm von allen Seiten herunterhanget. Umgeben ist er von etwa zehn zerlumpten Soldaten, welche ihn schützen. Pappalardo hat die Brücke bauen lassen, um Maut von all jenen zu kassieren, welche den Fluß überqueren wollen. Jetzt sitzt er auf einem hölzernen Bänkchen und hört zu, was die anderen zu sagen haben. Er sagt nichts. Er hat bereits ein- für allemal geredet. Hin und wieder entfahren diesem von dunklem Tuche bedeckten Fettklumpen Windblasen, welche in der Umgebung unter dem Gesichte von irgend jemand zerplatzen. Zuweilen ist das Zerplatzen still, wie bei Seifenblasen, doch zuweilen sind es auch tiefe Geräusche, welche die Soldatenschaft um ihn herum

zusammenfahren lasset, ohne allerdings die Diskussion zwischen Meister Calabrino und dem Meister Zimmermann zu stören. Wer muß die Hölzer des Gerüstes wegschneiden? Der Architekt, welcher den Brückenbogen gezeichnet, oder wer die Hölzer angebracht, die ihn fürs erste abstützen? Meister Calabrino sagt, daß er kein Holz verarbeite und es folglich nicht ihm zukomme, die Stützpfeiler wegzuschneiden. Meister Zimmermann sagt, er traue dem Steine nicht und der Brückenbogen sei seiner Meinung nach viel zu kühn. Er sei nicht sicher, daß die Brücke stehenbleibe und habe Angst, er könne unter den Trümmern begraben werden. Im übrigen ist niemand der Anwesenden nicht bereit, sich unter den Bogen zu stellen und die Pfeiler durchzusägen. Und dieweil die Diskussionen weitergehen, reicht der, welcher die Säge in Händen hält, dieselbe hin und wieder an einen anderen weiter, welchselbiger gleich darauf versuchet, sie wieder loszuwerden. Bis der Bauer eintrifft, welcher seinen Esel herbeischleppt, und auf dem Esel Millemosche, welcher in seine Rüstung eingeschlossen ist. Und mitten in all dieses Durcheinander hinein fragt der Bauer, wer die Rüstung kaufen wolle. Daraus entsteht ein ziemliches Wirrwarr, denn einer redet von der Rüstung, ein anderer vom Gerüste, und die Stimmen vermischen sich derart miteinander, daß niemand nichts mehr verstehet. Die Säge wandert auch durch Pannocchias und Carestias Hände, und auch sie werden unter die Brücke gedrängt. Sie fangen an zu schreien, sie hätten mit der ganzen Sache nichts, aber auch gar nichts zu tun, sie kämen von weither, sie seien Krieger und keine Sägebrüder. Jählings hört man eine Posaune erschallen, und sogleich tritt eine große Stille ein. Meister Calabrino hieß die Posaune erschallen, weil ihm eine glänzende Idee in den Sinn gekommen ist. Er wird die Rüstung und auch den Rittersmann kaufen, welcher in ihr steckt. Argwöhnisch blickt er den Bauern an, welcher in der Zwischenzeit mit Pannocchias und Carestias Hilfe Millemosche vom Esel heruntergezogen hat.
»Wo hast du sie gestohlen?«

»Jetzt werde ich ihm doch sagen, daß ich sie nicht gestohlen habe. Ich habe sie nicht gestohlen. Der Besitzer hat sie mir geschenkt, als Gegenleistung für eine kleine Hilfe, die ich ihm gewähret habe.«
»Wo ist er?«
»Jetzt werde ich ihm doch sagen, daß er in der Rüstung steckt. Er steckt in der Rüstung.«
Meister Calabrino hat noch nie mit einer Rüstung nicht gesprochen, doch diesmal würde er auch mit einer Mauer reden, wenn es zur Klärung der Lage beitragen könnte. Er geht auf die Rüstung und damit auf Millemosche zu, welcher in ihr stecket.
»Stimmt es, daß du ihm die Rüstung geschenkt hast?«
»Ja.«
»Und warum?«
»Ich war am Untergehen, und er hat mich gerettet.«
»Warum hältst du das Visier nicht nach oben?«
»Man kann es nicht hochheben, es hat sich verklemmt, und auch ich bin drin steckengeblieben, allein, ich hoffe, daß ihr mir helft, mich zu befreien.«
»Nicht so wichtig. Was ich mit der Rüstung tun will, kannst du auch tun. Und dann schenk ich sie dir gerne.«
»Ich will sie nicht.«
»Dann verspreche ich dir, daß ich sie dir nachher abnehme.«
»Was muß ich tun?«
»Komm mit.«
Meister Calabrino übergibt Millemosche die Säge und führt ihn hernach langsam zum Brückenbogen hinüber. Er heißt ihn einen Stützpfeiler nach dem anderen durchsägen. Millemosche hebt den eisernen Helm etwas hoch, um durch die Schlitze des Visiers den über ihm liegenden Brückenbogen sehen zu können.
»Und wenn sie einstürzet?«
»Sie stürzet nicht ein.«
Millemosche steht, mit der Säge in der Hand, ein paar Augenblicke lang nachdenklich da. Schlußendlich beginnt er, den ersten Pfeiler durchzusägen. Meister Calabrino geht fort und stellt sich auf halbem Wege zwischen

Pappalardo, der Soldatenschaft und der Brücke auf. Die Luft ertönt vom Kreischen der Säge, welche Millemosche kräftig bewegt, bis der durchgesägte Stamm zur Erde stürzt und einen Teil des Gerüstes und ein paar Mörtelbrocken nach sich ziehet, welche auf der Rüstung zerbersten. Millemosche begibt sich zu einem anderen Stützpfeiler, doch bevor er zu sägen beginnt, hält er inne und blickt durch die Schlitze des Visiers auf all die Menschen, die schweigend abwarten. Auf einer Seite erkennt er auch Pannocchia und Carestia. Deshalb macht er mit der freien Hand eine Bewegung, vielleicht einen Gruß. Und sie antworten. Dann fängt er wieder an zu sägen, unterdessen erfüllt sein Kopf sich mit fernen Bildern, und er sieht einen kleinen Jungen, der einer Ente übers Feld nachläuft, und dieser kleine Junge ist er, Millemosche. Er wollte ihr eine Feder stehlen. Und die Ente lief und lief und berührte mit ihren Flügeln Gras und Büsche. Zuletzt fängt er sie und reißt ihr die Feder aus. Doch jählings wendet sich die Ente um, und nun ist sie es, die ihn verfolgt, bis sie ihm mit dem Schnabel ein Stück seiner Hose herausreißt. So hat er die Feder in der Hand, und die Ente hat ein Stück seiner Hose im Schnabel. Und nun ist es wie damals. Die Brücke ist die Ente, und es ist, als würde er ihr eine um die andere Feder ausreißen. Was macht die Brücke wohl später? Und so hat er auch den zweiten Pfeiler, den dritten und auch den vierten durchgesägt. Nun bewegt er sich bereits unter der Brücke, inmitten der zur Erde gestürzten Pfeiler. Vielleicht gelingt es mir ja, sagt er zu sich selbst und sieht auf die letzten noch stehenden Pfeiler. Das meiste ist getan. Man muß die Haut nach Hause tragen, sie Ghinghina bringen und alt werden. Ja, das ist eine schöne Vorstellung. Man wird alt und zieht in keinen Krieg nicht mehr, und immer ist jemand da, der für einen sorget, und wenn keiner nicht da ist, der für einen sorget, genügt auch eine Handvoll Zichorien. Was für eine schöne Aussicht, das Alter. Andererseits gibt es auf Grund seiner ständigen Bemühungen gar noch die Gefahr, das Alter als reicher Mann zu erleben, man kann nie wissen. Er lacht beim Gedanken, daß er reich sein und in einem großen Hause wohnen könnte, mit einem Bette, das noch größer ist als das Haus. Wie oft hat er in seinem Leben in einem Bette geschlafen? Dreizehn oder vierzehn Male. Und jetzt ist er da mit seiner Ghinghina. Ghinghina schnarcht nicht, wenn sie schläft. Das hat ihn immer gestört, weil es zu stille ist und es ihm vorkommt, als würde er mit einem Toten schlafen. Doch wenn sie alt ist, wird auch sie schnarchen, wie alle Alten auf dieser Welt. Unterdessen zeigt die Brücke über seinem Kopfe sämtliche Steine, einer an den anderen gefügt, wie es schöner nicht sein könnte. Nun muß er den letzten Stützpfeiler durchsägen, und seine Hand zittert im Inneren der Rüstung. Er ist ganz auf seine Arbeit konzentrieret. Er sägt ganz sachte, gleichsam als hätte er Angst. Alle stehen dort mit offenem Munde und warten. Vor allem Meister Calabrino, der ihm »Tüchtig!« zuruft und es vor Zufriedenheit nicht mehr aushalten kann, weil es längst klar ist, daß der Brückenbogen hält. Millemosches Hand begleitet die Säge ganz langsam, die in dem trockenen Holze des letzten Stützpfeilers quietscht. Sie ist über die Mitte hinaus und sachte, sachte nagt sie Millimeter um Millimeter weg, bis sie ihre eisernen Zähne auf der anderen Seite erblicken läßt. Noch steht der Pfeiler aufrecht. Mit einem Stoß läßt er ihn zur Erde stürzen, dann läßt er die Säge fallen und die Arme herunterbaumeln. Die Leute vor seinem Blick sind alle in ausgelassener Stimmung. Die Bauern und Handlanger werfen ihre Kappen in die Luft. Auch Pappalardo steht aufrecht inmitten seiner Soldatenschaft. Pannocchia und Carestia umarmen sich, und es umarmen sich auch Meister Calabrino und der Meister Zimmermann und viele andere mehr noch. Und in diesem Gewühle merken sie nicht, daß der Brückenbogen knistert und kracht. Nur Millemosche bemerkt es. Und wirklich, er versucht, sich so schnell wie möglich inmitten der durchgesägten Pfeiler unter der baufälligen Brücke zu bewegen. Zwischen seinen Zähnen stößt er die Namen sämtlicher Heiligen hervor, welche er kennt und auch derer, welche er gerade erst kennengelernt hat. Selbst Sankt Guidone ruft er um

Beistand an, dieweil er mit schweren Füßen über das Holz zu klettern versucht. Über seinem Kopfe verläuft zwischen den Steinen der Brücke ein Riß, von welchem eine Menge Mörtel auf Millemosche herunterfällt. Dann öffnet sich ein zweiter Riß, welcher quer zum ersten verläuft und einen Streifen Himmels erkennen läßt. Da nun zerfällt der gesamte Bogen, als wäre er aus Brei gemacht, stürzet auf Millemosche nieder und begräbt ihn unter einem Berg von Steinen und Mörtel. Gleich darauf wird die ausgelassene Freudenschar von einer weißlichen Staubwolke eingehüllt, von Steinen, welche mit Flüchen und Heiligennamen einherfliegen, Pferde jagen irrend herum, Soldaten zücken ihr Schwert, der massige Pappalardo wird von seiner Soldatenschaft gestützt, und Pannocchia und Carestia fuchteln mit den Armen herum, die Augen quellen aus ihrem Kopfe und ihr Kopf quillt aus ihren Augen hervor, und es gibt ein solches Gewühle und ein so wildes Durcheinander, das andauert, bis die Stimmen und die Geräusche sich in alle Richtungen verlieren. Auf diese Weise bleiben in der Staubwolke nur Pannocchia und Carestia zurücke, die hierin laufen und dorthin, aufeinanderstoßen, sich bisweilen erkennen und sich in die Arme fallen, doch mitunter stoßen sie auch gewaltig mit ihren Köpfen zusammen gleichwie zwei wild gewordene Ziegenböcke. Endlich lichtet sich der Staub, und in der Mitte des Flusses entdecken sie, daß nur sie beide übriggeblieben sind. Dort in der Nähe liegt ein wenig Pferdemist; auch das Bänkchen, auf welchem Pappalardo gesessen hatte, ist dort. Vor Pannocchias und Carestias entsetzten Blicken steht der Trümmerberg still und stumm wie ein Grab da. Jetzt rufen sie Millemosche, doch wissen sie nur zu gut, daß er nicht antworten kann, und so beginnen sie, die Steine und den Mörtel zur Seite zu schaffen, stecken den Kopf in ein Loch, und hier graben und graben sie, bis sie einen Fuß der Rüstung berühren können. In kurzer Zeit bringen sie die Beine, den Bauch, die Brust und schließlich den eisernen Helm von Millemosche ans Licht. Pannocchia schreit durch die Ritze des Visiers, um ihn zu fragen, ob er lebt oder tot

sei. Und endlich kommt aus dem Inneren eine schwache, durchstaubte Stimme.
»Ich weiß nicht.«
»Was heißt, du weißt nicht?«
»Ich weiß nicht, ob ich es bin, der spricht, oder meine Seel.«
»Unserer Meinung nach hast du keine Seele nicht, also bist du selbst noch lebendig.«
»Besser so, doch wenn ich lebendig bin, so fehlet nur wenig zu meinem Tode.«
Nun fangen alle drei an zu lachen und zu weinen und zu fluchen, weil sie so glücklich sind. Und zu ihrem Lachen und Weinen gesellt sich das I-a-Geschrei des Esels, der ebenfalls am Leben geblieben ist.

Das Dorf der Diebe

Auf einer Straße am Flusse gehen sechs Menschen dahin, mehr nackt als bekleidet. Unter ihnen befinden sich zwei Frauen, ein Kind zwischen drei und neun Jahren und drei Männer zwischen dreißig und neunzig. Hin und wieder blicken sie sich um, doch dann schauen sie wieder geradeaus. Sie gehen in einer Gruppe, das heißt in einer Reihe wie Enten, wenn sie aus dem Norden kommen. Das Kind sammelt Steine auf und wirft sie in den Fluß; die Frauen halten ihren Kopf gesenkt, weil sie sich schämen. Der älteste der Männer hat ein schönes Herr- und Meistergesicht und geht mit den Händen in der Hüfte oder er verschränkt sie auf dem Rücken oder er hängt sie an den Ohren auf, denn er hat weder Taschen noch Hosen. Jählings hält die Gruppe inne und drängt sich am Straßenrande zusammen, weil Millemosche und die beiden anderen, uns längst bekannten Lumpenbrüder daherkommen. Die Rüstung quietscht in allen ihren Verbindungen, und Pannocchia und Carestia lassen gelegentlich erkennen, wie sehr sie das stört, und verstopfen sich die Ohren. Millemosche bleibt vor der Gruppe der nackten Menschen stehen und blickt durch die Schlitze des Visiers. Der alte Mann legt seine Hände in die Hüfte und redet als erster mit ihm.

»Kehret um, das ist besser für euch. Ihr gelanget in ein Dorf von Dieben. Sehet nur, wie sie uns zugerichtet haben.«

»Glaubet ihr, sie hätten den Mut, einen Rittersmann mit Rüstung wie mich zu bestehlen?«

»Eine Rüstung ist viel verlockender als ein Gewand, bei all den Kriegen, die es gibt. Kehret um, das ist besser für euch.«

Millemosche hebt den Blick auf, um das merkwürdig schneckenförmige Dorf zu betrachten und siehet einen Baum, der in eine Richtung gehet und einen anderen Baum, der in die andere Richtung gehet. Dann zwei Strohhaufen, die langsam sich von ihrem Standort wegbewegen, dann Heugarben, die sich ebenfalls bewegen; und der Mann mit dem Gesicht eines Herrn und Meisters erkläret ihm, daß die Einwohner nicht nur Fremde, sondern immerzu sich auch untereinander bestehlen. Nur daß, dieweil der eine den Strohhaufen seines Nachbarn stiehlt, dieser den Strohhaufen des anderen stiehlt, dergestalt daß alle mehr oder weniger mit dem verbleiben, was sie haben, und folglich alle ihre Mühe umsonst ist. Als sie dies hören, wollen Pannocchia und Carestia gleich wieder umkehren, allein, Millemosche hat eine eigene, sehr klare Idee im Kopfe.

»Höret mich an. Das ist der einzige Ort, an welchem sie mir die Rüstung abnehmen können. Ich werde in der Mitte des Dorfes schlafen. Ihr aber müßt das Gerücht verbreiten, daß meine Rüstung aus Gold sei.«

»Gold ist gelb.«

»Indessen beginnen wir, indem wir sagen, daß Gold von jeglicher Farbe sein kann. Gelb, rot, weiß und grünlich. Auch schwarz, so es schmutzig ist.«

»Gold wird niemals nicht schmutzig.«

»Wer hat dir gesagt, daß es niemals nicht schmutzig wird?«

»So hat man es immer sagen hören.«
»Wer so vom Golde spricht, zeigt damit an, daß ers noch nie nicht gesehen hat. Ich habe in meinem Leben Gold gleich bergeweise gesehen. Münzen, Armreifen, Ringe, Löffel, Gabeln, Statuen und Spangen. Zum Beispiel war der Ring, den ich meiner Ghinghina geschenkt habe, schwarz.«
»Dann siehet man, er war aus Eisen.«
»Ich schenke meiner Gattin keinen Ring aus Eisen nicht. Ich habe ihr immerzu Gold geschenkt. Auch einen Goldzahn, den ich aus dem Maule des Kaufmannes von Sacrofano gerissen habe. Der, das will ich nur nebenbei bemerken, war beispielsweise aus Weißgold.«
»Wenn es nicht gelb ist, trau ich ihm nicht.«
»Ich auch nicht.«
»Aber die Diebe schon, denn die verstehen sich besser darauf als ihr.«

Diebe stehlen

Mitten auf dem Platz des schneckenförmigen Dorfes liegt, lang ausgestreckt alswie ein Toter, Millemosche in seiner Rüstung. Ein wenig weiter von ihm entfernt sitzen Pannocchia und Carestia rittlings auf dem Esel und versuchen alles nur menschenmögliche, um wach zu bleiben. Schläfrigen Blicks schauen sie sich um, dann schließt Carestia seine Augen und neigt den Kopf nach vorn. Pannocchia versetzt ihm einen Stoß in den Rücken.
»Laß mich wenigstens einen kleinen Augenblick schlafen.«
»Anjetzt schlaf ich.«
»Wenn du willst, können wir alle beide schlafen. Solange wir auf dem Esel sitzen, können sie ihn uns nicht stehlen.«
»Die sind doch fähig, uns zusammen mit dem Esel zu stehlen.«

»Und was sollen sie mit uns anfangen?«
»Sie verkaufen uns.«
»Wer soll uns schon kaufen?«
»Wie soll ich das wissen, wo sie uns noch nicht verkauft haben?«
»Wenn der, der uns kauft, jemand ist, der uns zu essen gibt, dann bin ich dabei.«
»Vielleicht aber gibt er uns auch Prügel und heißt uns arbeiten.«
»Das ist es ja, was ich sage: wir müßten wissen, wer er ist.«
»Ich weiß es nicht, ich kenn ihn nicht.«
»Ich auch nicht, daß ihn die Lepra hole.«
»Also ist es besser, daß wir stille sind und gute Nacht.«
Das Wort Gute Nacht scheint eine unmittelbare Wirkung auf alle beide zu haben, denn sie schließen gemeinsam die Augen und schlafen ein. Auch Millemosche ist auf dem Platze eingeschlafen und schnarcht in seiner Rüstung bei Mondenschein und schnarcht weiter bis zur Morgendämmerung, als er mit der aufgehenden Sonne erwacht, welche ihm in die Augen fällt.
Eine Katze schleicht um ihn herum und beschnuppert ihn. Millemosche ist vor allem erstaunt, weil er die ganze Katze erblickt, während er seit geraumer Zeit die Welt nur durch waagerechte Schlitze in seinem Visier wahrnahm. Dann betastet er sich von Kopf bis Fuß und traut seinem Tasten nicht. Denn wirklich, die Rüstung ist verschwunden. Er stehet auf und beginnt vor lauter Zufriedenheit laut zu schreien. Er springt herum, reckt sich, befühlt die Beine, die Nase, den Rücken und die Ohren, welche sich, weil sie zu lange in der Rüstung steckten, verbogen haben. Dann erinnert er sich Pannocchias und Carestias und läuft zu der Stelle, wo er sie gestern abend zusammen mit dem Esel verlassen hat. Er findet Carestia rittlings auf Pannocchia sitzend, welcher auf allen vieren statt des Esels auf der Erde steht. Und in dieser Haltung schlafen beide glückselig, ohne zu merken, daß die Diebe ihnen den Esel gestohlen haben. Millemosche kommt zu ihnen und schüttelt sie heftig.

»Ich habe euch gesagt, ihr sollt nicht schlafen, daß euch beide die Lepra hole!«
Pannocchia und Carestia wachen ziemlich verwirrt auf. Carestia steiget zur Erde herunter, und Pannocchia stellet sich auf seine Beine. Sie sehen einander an, ohne zu begreifen, wie passieren konnte, was passieret ist. Millemosche packt sie am Arme und schüttelt sie wieder, dann stößt er ihre Köpfe zusammen, um sie endgültig wach zu machen. Carestia gelingt es endlich, etwas zu sagen.
»Wo ist der Esel?«
»Das fragest du mich? Ich mußte mir die Rüstung rauben lassen, und das ist mir auch gelungen. Allein, euch beiden hatte ich gesagt, daß ihr nicht schlafen solltet, damit euch der Esel nicht gestohlen würde.«
»Aber worauf saß ich rittlings denn, als du mich aufgeweckt hast?«
»Du saßest auf Pannocchia.«
»Ach, deshalb hab ich so ruhig geschlafen, ich dachte, ich säße auf dem Esel.«
»Und du?«
»Ich dachte, ich wäre der Esel.«
»So habet ihr euch übertölpeln lassen.«
»Und was machen wir jetzt?«
»Wir gehen auf der Stelle aus diesem Orte weg, bevor sie uns auch noch das Hemde rauben.«
»Dir haben sies schon geraubet.«
Und wirklich, Millemosche steht ohne Hemd da, am Leibe trägt er nur ein wollenes Unterhemdchen mit Löchern, welche größer sind als das Unterhemdchen selbst. Zu dritt machen sie sich auf den Weg, biegen in eine Gasse ein, die aus dem Dorfe hinausführet. Sie gehen im Gänsemarsch, weil das Gäßlein so eng ist, daß sie nicht nebeneinander gehen können. Plötzlich durchfährt es Carestia. Er betrachtet einen Fuß und sieht, daß jemand ihm einen Schuh abgelöst hat. Doch wer? Und von woher hat der Dieb seine Hand nach ihm ausgestreckt? Auf dieser Seite und der anderen, bis hinab zur Erde sind die Mauern voll kleiner Löcher, wie die für Tauben. Und hin und wieder fährt eine Hand heraus und reißt

Pannocchias Hut, Millemosches Hose, Carestias anderen Schuh, Pannocchias Schuhe, Carestias Hemde weg. Schlag auf Schlag stehen die dreie am Ende splitternackt da. Sie beginnen zu laufen, bis sie außerhalb der Ortschaft sind und sich auf den offenen Feldern verlieren.

Die Straße führt immerzu abwärts

Wenn man mit Angst im Rücken davonläuft, weiß man nie, wo das enden wird. Wenn einer, der flüchtet, in ein Haus kommt, landet er im allgemeinen unter dem Bette, sofern ein Bett vorhanden ist, oder in einem Schranke, sofern ein Schrank vorhanden ist. Für den aber, welcher über die offenen Felder flüchtet, ist jedes Loch gut. Doch das, in welchem Millemosche und die anderen beiden gelandet sind, ist der Krater eines Vulkans. Und jetzt müssen sie hinaufklettern, um aus diesem Loch herauszukommen. Allein, was für eine Mühe.

»Ich habe immer schon gesagt, es ist leichter, hinab- als hinaufzugehen.«

»Allein, wenn du hinabgehest, mußt du anschließend auch wieder hinaufgehen.«

»Wieso?«

»Weil es so ist, so wie zwei und zwei drei sind.«

»Es sind vier.«

»Es sind drei, denn jedesmal, wenn du die Summe ziehest, geht immer etwas verloren. Zum Beispiel, wenn es vier Äpfel zu essen gibt, bekomme ich immer nur einen.«

»Ich auch.«

»Folglich bedeutet das, wenn vier Äpfel vorhanden sind, sind es nur drei.«

»Lenken wir jetzt nicht ab. Ich sage, daß einer, wenn er Obacht nimmt, immer abschüssig gehen kann, eine abschüssige Straße findet man mit ein wenig Glücke immer.«

Schon sind sie den halben Krater hinaufgestiegen, allein Pannocchia nimmt einen Pfad um einen Stein herum und fängt wieder an hinunterzusteigen. Da ruft er, er habe die abschüssige Straße gefunden. Auch die beiden anderen folgen ihm voller Überzeugung und zufrieden. Sie bremsen mit den Fersen ab, um nicht gar zu schnell nach unten zu gelangen. Doch das Unglück trifft ein, als sie merken, daß sie an ihrer Ausgangsstelle angekommen sind.
»Und was nun?«
»Gleichwohl: wo ein Weg nach oben führt, führt auch ein Weg nach unten.«
»Ich sehe nur den Weg nach oben.«
»Also, einverstanden, fangen wir damit an, dann finden wir den Weg nach unten später.«
Millemosche sieht nicht sehr überzeugt aus, allein, nachdem er sich gründlich umgesehen und gemerkt hat, daß man nicht mehr weiter nach unten gehen kann, beginnt er neuerlich den Weg nach oben. Und idem die anderen beiden.

Der Kopf des Kaisers

Sie gelangen an den Rand des Kraters und finden vor ihren Augen so etwas wie eine Wüste, halb Gebirge, halb Ebene. Eine trostlose Region, über welcher ein folienartiger Erdboden liegt, und nirgendwo auch nur ein Grashalm. Sie gehen auf einen großen Steinbrocken zu, welcher aussieht wie ein menschlicher Kopf. Da ist die Nase, das Kinn und auch ein bißchen vom Halse. Ebenso sind da zwei große Löcher, die aussehen wie zwei Augen. Millemosche, Pannocchia und Carestia nähern sich diesem Riesenkopf und betrachten ihn von unten bis oben.
»Er gleichet einem, den ich schon mal irgendwo gesehen habe.«
»Es könnte der Kopf des Kaisers sein.«

»Wie kannst du das sagen, wo du ihn doch gar nicht kennest?«
»Kaiser haben immer einen großen Kopf.«
»Der Kopf ist für alle gleich.«
»Wer weiß, wer ihn hierher geschafft hat?«
»Irgend jemand wird ihn verloren haben.«
»Große Dinge verlieret man nie.«
»Und wo ist der Rest?«
»Welcher Rest?«
»Der Magen, der Bauch, die Beine, die Schuhe und alles andere.«
»Weiß ich nicht und will es auch gar nicht wissen.«
Millemosche, Pannocchia und Carestia hören auf zu reden und gehen um den steinernen Kopf herum, dann klettern sie zuvörderst den Hals empor, dann, vom Halse aus, richten sie sich zu dritt im großen Ohre ein, gelangen dann vom Ohr ins rechte Aug, und von dort aus betrachten sie die dürre Ebene, die sich unterhalb von ihnen bis zu einer gelben Hügelkette hinzieht. Dann fragen sie sich, was sie eigentlich in diesem Auge machen, ob sie vielleicht ihre Zeit vertrödeln. Allein, Pannocchia sagt, sie hätten doch eh nichts zu tun, und wenn man nichts zu tun habe, sei es besser, man vertrödele die Zeit, als daß man sie suche. Und unterdessen wird man alt, sagt Carestia, und wird von einer großen Angst vor dem Alter gepackt, bis Millemosche aufspringt und sagt, daß das Alter ja vielleicht auch ganz schön sein könne, wer weiß das schon? Sie klettern wieder zur Erde hinunter und verlieren sich in lange Diskussionen über das Alter, dieweil sie durch die Ebene wandern, bis sie schließlich auf ein Grüppchen Unglückseliger stoßen, welche im Zickzack vorwärts gehen und jemandem folgen, welcher ein Stöcklein aus Ulmenholz in Händen hält. Millemosche glaubt, es handele sich um unerfahrene Menschen und will ihnen beibringen, wie man wirklich reiset.
»Nun sehet, wenn ihr an einen Ort gelangen wolltet, würdet ihr zu spät kommen, wenn ihr gehet, wie ihr gehet. Ihr solltet eine Richtung bestimmen und dann geradeaus gehen.«

»Wir gehen nirgendwohin.«
»Aber warum bleibt ihr dann nicht stehen?«
»Wir suchen Wasser. Sechs Jahre sinds, daß kein Regen fällt.«
»Und wer ist der da?«
»Der Wünschelrutengänger.«
»Und wenn er kein Wasser nicht findet?«
»Sterben wir alle vor Hungers.«
»Vor Hungers?«
»Ohne Wasser wachsen keine Bohnen nicht, auch keine Kohlköpfe, auch kein Getreide, die Tiere sterben, und so sterben auch wir, weil wir nichts mehr zu essen haben.«
»Doch sterbet ihr auch vor Durst.«
»An beidem, an Hunger und Durst.«
Die Gruppe entfernt sich im Zickzackgang. Millemosche, Pannocchia und Carestia bleiben auf ihren Fußsohlen zurücke, und jählings merken sie alle drei, daß sie großen Durst haben.
»Ich habe Durst.«
»Ich auch.«
»Versuch doch, ein bißchen Speichel hinunterzuschlukken.«
»Ich hab keinen mehr. Was würde ich nicht alles für einen Tropfen Wassers geben.«
»Erwähnet das Wasser nicht, das machts nur schlimmer.«
»Für einen Tropfen von der gewissen Sache, die man nicht erwähnen darf, verzichte ich auf ein geschmortes Kaninchen.«
»Ich auf einen Truthahn.«
»Ich auf ein Schwein.«
»Wenn man bedenkt, daß es Leute gibt, die in der bestimmten Sache, die man nicht erwähnen darf, ertrinken!«
Sie gehen, dann laufen sie auf die Hügel zu. Sie blicken herum auf der Suche nach einem Rinnsal oder auch nur einer Lache. Zuletzt erblicken sie eine Kuh, und so laufen sie auf die Kuh zu, ohne jede Absicht, sie aufzuessen. Sie denken nur an die Milch. Doch als sie bei der Kuh

ankommen, merken sie, daß Menschen Schlange stehen und warten, daß die Reihe an ihnen sei.
»Können wir einen Tropfen Milch bekommen?«
»Wer seid ihr?«
»Tapfere Soldaten. Es reicht schon ein Tropfen, nur um uns gerade die Lippen feucht zu machen.«
»Verschwindet, sonst nämlich reißen wir ein Loch in euch und trinken euer Blut.«
Da machen Millemosche, Pannocchia und Carestia sich rasch davon, denn sie begreifen, daß man bei Dürstenden sich in schwere Gefahr begibt.
»Ich mag es nicht, wenn die da mich austrinken.«
»Durstige Menschen sind böse und gefährlich.«
»Dann sind auch wir böse und gefährlich.«
»Besser also, daß sie sich fern von uns halten, wenn sie kein böses Ende nehmen wollen.«
»Sie sind noch einmal davongekommen, die armen Hunde.«
Nach einer Weile begegnen Millemosche, Pannocchia und Carestia einer Prozession von Menschen, welche zu einem Heiligen beten, dessen Spezialgebiet der Regen ist. Hin und wieder erscheinen am Himmel runde helle Wölkchen, welche alsogleich wieder verschwinden. Da nimmt der Heilige uns doch auf die Schippe, sagt irgend jemand. Millemosche, Pannocchia und Carestia kommen nun in ein menschenverlassenes Dorf. Nur ist es nicht menschenverlassen, sondern alle sind zur Prozession gegangen. Unsere drei Freunde gehen an den Mauern entlang, um eine Stütze zu haben, sich auf den Füßen zu halten. Mitten unter den niedrigen Häusern steht eine Kathedrale, welche die Häuser überragt. Alle dreie haben im gleichen Augenblicke die gleiche Idee. Sie betreten die Kirche und schleppen sich völlig entkräftet zum Weihwasserbecken. Doch hier steht ein Bischof, der gerade ein Neugeborenes tauft. Just als der Bischof den Täufling ins Weihwasser eintauchen will, tauchen Millemosche, Pannocchia und Carestia ihren Kopf ins Becken und trinken. Der Bischof und die Umstehenden bedekken sie zuerst mit Stoffetzen und Taschentüchern, weil

man nicht nackigt in einer Kirche sein darf, dann ziehen sie sie zurück. Im Weihwasserbecken ist auch nicht ein Tropfen geweihtes Wasser geblieben, sie haben alles ausgetrunken.
»Liebe Brüder, wie sollen wir denn jetzt taufen, wo ihr alles Wasser getrunken habet?«
Millemosche schlägt eine Methode vor. Der Bischof spricht die rituellen Worte, und er, an seinen Haaren gehalten gleichwie ein Täufling, spuckt auf den kleinen Kopf des Neugeborenen und spuckt auch auf die umstehenden Verwandten, um sie zu segnen. Als die feierliche Handlung vorüber ist, entflieht er und erreicht Pannocchia und Carestia auf dem Vorplatz der Kathedrale. Und von hier verschwinden sie in die erstbeste Gasse, die sie finden, und fliehen über die Felder. Zwar werden sie von niemandem verfolgt, aber dennoch ists besser, schnell zu verschwinden.

Wasser und Schlamm in Fülle

Recht haben sie zu flüchten. Etwas verfolget sie nämlich, auch wenn es keine Menschen sind. Innerhalb kurzer Zeit ziehen sich über ihren Köpfen Wolken zusammen, welche den Himmel verdunkeln, und ein Gewitter beginnt mit Regentropfen so groß wie faulige Äpfel. Und Blitze zerreißen den schwarzen Himmel von allen Seiten, entladen sich dann auf der Erde oder in den Bäumen. In all diesem Weltuntergangsgetose fliehen Millemosche und die beiden anderen immer noch, und gelegentlich werfen sie sich auf die Erde und robben im Schlamme weiter. Gelegentlich stehen sie auf, dann wäscht das Wasser sie ganz ab und läßt ihre verängstigten Gesichter wieder zum Vorschein kommen. Doch alsogleich werfen sie sich wieder auf die Erde, aus Angst, ein Blitz könne sie treffen. Am Ende gelangen sie an irgendeine Stelle, blei-

ben stehen und halten ihre Hände auf dem Kopf, um sich vor dem Regen zu schützen und vor allem, was vom Himmel herunterkommen kann. Hagel zum Beispiel. Allein, der Hagel kommet nicht, und es regnet weiter. Millemosche, Pannocchia und Carestia haben sich aus Angst vor dem Hagel zusammengekauert, bis endlich die Sonne hervorbricht. Da strecken sie sich auf den Ästen eines Baumes aus, um zu trocknen.
»Allerdings habe ich nicht begriffen, wie wir hier oben heraufgekommen sind.«
»Bäume sind eigens dafür gemacht, daß man auf sie klettert.«
»In Wirklichkeit sind sie eigens dafür gemacht, daß man unter ihnen stehet, wenn es regnet, um sich vor dem Regen zu schützen.«
»Nun aber scheinet die Sonne.«
»Dann klettern wir hinunter und setzen uns in den Schatten, um uns vor der Sonne zu schützen.«
»Doch warum sind wir überhaupt hinaufgeklettert?«
»Vielleicht um nachzusehen, ob es Früchte gibt zum Essen.«
»Wie sollen denn Früchte daran sein, wenn dieser Baum eine Ulme ist?«
»Wir haben uns eben geirrt, das kommt vor.«
»Vielleicht wärs besser, wir gingen anderswohin.«
Die dreie machen einen Satz und laufen weit weg. Doch irgendwann müssen sie anhalten, denn sie haben bemerkt, daß sie oben in einem römischen Aquädukt gelandet sind, ein Überrest, der irgendwann in einer solchen Höhe abbricht, daß man sich den Hals brechen kann. Da nun kehren die dreie eilends um, denn es bedeutet, daß der Übergang sich auf der anderen Seite befindet. Doch auch auf der anderen Seite hört das Aquädukt auf und dort befindet sich ein noch höherer steiler Absturz.
»Und jetzt müßt ihr mir erklären, wie wir es geschafft haben, hier oben zu landen.«
»Das Problem ist ein anderes: wie kommen wir hier wieder herunter?«
»Runtergehen ist immer besser als raufgehen.«

Dieweil Pannocchia und Carestia um sich blicken, um eine Stelle zu finden, von der aus sie hinuntersteigen können, hat sich Millemosche vom Anblick eines Daches verzaubern lassen, welches hinter einem Baumwald sichtbar ist, nicht weit von der Stelle, an der sie jetzt stehen. Jählings reckt er einen Arm empor und stößt einen so gewaltigen Schrei aus, als hätte man ihn mit einem Stein am Kopfe getroffen. Dann stürzt er sich auf die beiden Reisegefährten, schließt sie in seine Arme und redet wirres Zeug.

»Wer will ein Huhn?«

»Ich!«

»Wer will einen Hasen?«

»Kann man auch alle beide haben?«

»Sogar mehr noch, wenn ihr wollt. Ein Schwein, zum Beispiel.«

»Entschuldige bitte, doch woher willst du das alles nehmen?«

»Sehet ihr dieses Haus dort hinten? Es gehöret mir.«

»Aber was erzählst du denn da?«

»Ich werde euch zeigen, wie man an meinem Tische isset, wenn Ghinghina das Essen bereitet.«

Millemosche läßt sich den durchbrochenen Pfeiler des Aquäduktes hinuntergleiten, wobei er die Fußspitzen nach unten hält, um die Abfahrt abzubremsen. Auf der Wiese kommt er kopfüber an und gleichermaßen auch die beiden anderen, doch erheben sie sich alsogleich und laufen auf das Haus zu, das man jetzt zwar nicht mehr sieht, das aber ganz gewiß da ist, denn immerhin haben sies eben noch gesehen.

Endlich bei anderen zu Hause

Eine Tenne ist das, wo sie ankommen. Ein Platz von gestampfter Erde inmitten von vier, vielleicht fünf heruntergekommenen Häusern, und auch ein Schwein gibts, das alsogleich wegläuft, alsobald es sie erblicket. Und Millemosche lacht, weil Schweine schließlich so viele da sind, wie man will, auch Enten und anderes Geflügel, und in der Tat zeigt er auf einen zerzausten Truthahn und auf ein Perlhuhn, welches auf dem Aste eines Quittapfelbaumes sitzt. Dann küßt er den Erdboden und deutet endlich auf sein Haus; dabei handelt es sich um ein zweistöckigt Haus, welches auf der einen Seite mehr hoch als breit und auf der anderen Seite mehr breit als hoch ist. Mit einem Wort: es ist von eigentümlicher Gestalt, wie man sie nur selten zu sehen bekommt. Nachdem Millemosche den Erdboden geküßt, macht er sich jetzt auch daran, die Mauern seines Hauses zu küssen und streichelt sie mit seinen Händen. Dann geht er zur Tür, stößt sie auf, und zwei Hühner fliegen ihm ins Gesichte. Das ist nichts weiter, man sieht, daß der Eingang an eine andere Stelle eingebaut wurde, wohingegen hier nun der Hühnerstall ist. Er geht auf die Rückseite, um den Eingang zu finden. Und hier trifft Millemosche von Angesicht zu Angesichte auf einen Jemand. Er sieht ihn sich genau an, dann umarmt er ihn und nennt ihn Bacone, die Raupe. Jener aber schafft ihn sich vom Leibe und tritt, gereizt und voller Argwohn, ein paar Schritte zurück.
»Wem gilt das: Bacone, die Raupe?«
»Was heißt hier, wem gilt das?«
»Von niemandem nicht laß ich mich Bacone, die Raupe, nennen!«
»Wieso, hast du denn deinen Namen geändert?«
»Ich habe meinen Namen nicht geändert. Ich habe immer Putiferio, Krawall, geheißen, seit ich zwei Jahre alt bin.«
»Und davor?«
»Was davor?«
»Vor deinem zweiten Lebensjahre.«

»Putiferino.«
»Und wer bin ich deiner Meinung nach? Sehen wir doch mal, ob du mich wiedererkennst.«
»Weiß nicht.«
»Ist es denn menschenmöglich, daß du dich nicht an mich erinnerst?«
»Ein Gesicht wie das deine erinnert mich an nichts.«
»Vielleicht, weil vier Jahre vergangen sind.«
»Seit wann?«
»Seit ich ausgezogen bin.«
»Ausgezogen wohin?«
»In den Krieg.«
»Ich kenne keinen nicht, der in den Krieg gezogen ist.«
»Und Ghinghina? Wo ist sie?«
»Welche Ghingina? Ich kenne keine Ghinghina.«
»Aber Scaramuccia kennst du doch?«
»Ich kenne keine Scaramuccia nicht.«
»Heißet dieses Dorf denn nicht Spitzstein, Pietracuta?«
»Es heißet Flachstein, Pietrapiatta.«
»Ich möchte doch wissen, wer den Namen des Dorfes geändert hat, und wer ihn dir und wer ihn Ghinghina geändert hat, meiner Frau. Was sollen alle diese Namen, die nichts mit mir zu tun haben? Wie heißet deine Frau?«
»Margherita.«
»Willst du wetten, daß deine Frau vorher meine Frau war und Ghinghina hieß? Ich will sie doch sehen.«
»Du wirst überhaupt nichts sehen.«
»Ich will sie sehen oder ich zertrümmere hier alles. Denke daran, ich bin ein Kriegsritter und kann dich abmurksen, so wie man eine Laus abmurkst.«
Putiferio sieht ihn an gleich wie man einen Verrückten ansieht. Auch Millemosche würde ihn gern ansehen wie einen Verrückten, aber es will ihm nicht gelingen. Bis Putiferio sich entfernt und ins Haus eintreten will. Doch Millemosche hält ihn zurücke.
»Dies ist mein Haus.«
»Nein, dies ist mein Haus.«
»Da möcht ich doch wissen, wann du es von mir gekauft hast und wann ich es dir verkauft habe.«

»Ich habs von niemandem nicht gekauft. Wir haben es uns aufgebaut, Margherita und ich, Stein für Stein.«
Da stößt Millemosche die Tür mit der Schulter auf und tritt ins Haus. Er steigt die Stiege hoch und gelangt in ein Schlafzimmer, in welchem Margherita schläft. Und weil er schon halb nackigt ist, wirft er sich ins Bette, klammert sich an die Frau, welche aufwacht und vor Entsetzen zu schreien beginnt. Putiferio packt Millemosche am Halse, und auch Millemosche packt Putiferio am Halse, und alle beide beginnen zu schreien.
»Nach vier Jahren will ich mit meiner Frau ins Bette gehn!«
»Sie aber ist nicht deine Frau, sie ist meine.«
»Leugner, Täuscher, Lügner, anderes seid ihr nicht! Ihr habt zwar eure Namen geändert, aber Gesichter erkenne ich noch immer.«
Unterdessen kommen andere Leute aus dem Dorfe herbei, und Millemosche kennt sie alle, er ruft sie alle mit Namen und versucht, ihre Hilfe zu erlangen. Er ruft Gilulfo, Alfio und Piedone, welche die ersten sind, die in der Türe des Schlafzimmers erscheinen. Allein, die drei Männer beteuern, daß sie nicht so heißen. Da springt Millemosche im Bette auf und fluchet lauthals, weil sie sich alle gegen ihn verschworen hätten. Dann steigt er auf die Fensterbank und läßt sich in die Piazza auf Pannocchias und Carestias Köpfe fallen. Sie können gerade wieder rechtzeitig auf die Beine kommen, als auch schon Fußtritte und Ohrfeigen von allen Seiten und eine gehörige Tracht Prügel über sie abgeladen werden. Sie flüchten wimmernd alle dreie den Weg voller Pfützen hinunter, dann schlagen sie mit ihren Köpfen gegen die Schilfrohre eines Schilfröhrichts, finden schlußendlich aus dem Röhricht heraus und stehen vor dem Flußbett, welches voll ist mit Steinen. Pannocchia und Carestia werfen sich zu Boden und lecken sich die Wunden und blauen Flecken von den Prügeln. Noch niemals nicht haben sie so viel Schläge eingesteckt, nicht einmal als sie Soldaten waren, und dies ist nur die Schuld von diesem Mistkerl und Gauner Millemosche.

»Und ich sage euch, dies war mein Haus.«
»Aufschneider.«
»Betrüger.«
»Lügenonkel.«
»Märchenerzähler.«
Millemosche sagt, die Dinge verhielten sich nicht so, wie sie glauben, daß man zuallererst das Drama seines Dorfes, der Bevölkerung und auch seiner Frau verstehen müsse. Er redet zwar zu den beiden, aber es ist, als würde er zu sich selbst reden. Er fragt sich immerzu, warum alle Menschen den Namen geändert hätten. Warum seine Frau ihn nicht wiedererkennen wollte. Vielleicht haben sie Angst vor jemandem. Vor den Sarazenen vielleicht oder den Langobarden, die hin und wieder in den Dörfern auftauchen und Verwüstungen anrichten, und dann ändern die Menschen womöglich ihren Namen, um sich besser zu verstecken.
»Aber die Sarazenen und die Langobarden kümmern sich doch einen Scheißdreck um Namen. Sie kommen und töten, ohne irgend jemand nach dem Namen zu fragen.«
»Allein, einen Grund muß es wohl geben, wenn alle diese Menschen sich nicht mehr so nennen wie vor vier Jahren.«
»Der einzige Grund ist, daß es andere Leute sind und auch der Ort ein anderer ist.«
»Dann erkenne ich eurer Meinung nach also auch nicht mehr meine Frau? Zum wenigsten die doch!«
»Daran siehet man, daß du sie nicht kennst.«
»Ich schwöre euch, daß ich sie kenne.«
»Vielleicht kennst du ja eine andere.«
»Wie soll ich aber eine andere kennen, wenn sie meine Frau ist?«
»Wie erklärest dus dir dann, daß sie dich nicht wiedererkannt hat?«
»Seit sie den Namen gewechselt hat, sieht man, daß sie sich für eine andere hält und einen anderen geheiratet hat.«
»Es wird doch wohl nicht zufällig so sein, daß du dich für Millemosche hältst, in Wirklichkeit aber ein anderer bist?«

Millemosche bewegt sich, setzt sich auf den Rand eines Ziehbrunnens, der sich dort befindet. Müden Blickes schaut er umher. Und mit leiser Stimme sagt er sich, wenn ich Millemosche nicht bin, wer bin ich dann? Auch die beiden anderen kommen auf ihn zu und versuchen, etwas zu begreifen, und am Ende kommt ihnen der Zweifel, ob sie vielleicht nicht auch andere sind.

Unter Klagen und voller Verzweiflung setzen sie sich hierhin und dahin und stellen sich immerzu Fragen, wobei ein jeder mit sich selbst redet. Und als sie schließlich auf die Steine aufmerksam werden, die sie in Händen halten, wird ihnen klar, daß es Totenknochen sind, von denen es hier in der Gegend viele gibt.

»Dann ist dies also ein Schlachtfeld.«

»Vielleicht ist es das, auf welchem wir uns zum erstenmal begegnet sind.«

»Und das da ist der Brunnen, in welchem wir uns versteckt haben.«

»Und das da ist der Baum.«

»Dann sind wir ja da, wo wir am Anfang waren.«

»Am Anfang von was?«

»Am Anfang von allem.«

»Was ist alles?«

»Ich wollte sagen, am Anfang von allem, das uns widerfahren ist.«

»Was ist uns widerfahren?«

»So vieles.«

»Versuch, ein Ereignis zu nennen.«

»Ich erinnere mich nicht mehr.«

»Dann ist vielleicht gar nichts passiert und vielleicht kennen wir uns nicht einmal.«

»Nein, nein, wir kennen uns und sind Freunde.«

»Das sagst du.«

»Entschuldige bitte, du bist doch Pannocchia und du bist Carestia.«

»Und wer bist du?«

»Wenn ihr Pannocchia und Carestia seid, dann bin ich wohl Millemosche.«

»Ich kenne dich nicht.«

»Und ich auch nicht.«
»Aber wir haben doch so viel gemeinsam durchgestanden!«
»Wann?«
»Seit ich euch in dem Brunnenschacht gefunden habe.«
»Das mag ja stimmen, aber ich glaub nicht dran.«
»Und ich glaub auch nicht dran.«
»Ich aber bin es gewiß.«
»Sag das nicht, niemand ist niemals gewiß. Hast du nicht gesehen? Auch deine Frau ist eine andere, und die aus deinem Dorfe sind auch wieder andere.«
»Warum legen nicht auch wir uns einen anderen Namen zu und fangen noch einmal von vorne an?«
»Ja, geben wir uns einen anderen Namen.«
»Da mache ich nicht mit, ich will nicht noch einmal von vorne anfangen.«
»Warum?«
»Weil ich Hunger habe.«
»Eigentlich brauchte man keine Angst vor dem Hunger zu haben, es genügt doch zu essen.«
»Ich habe sagen hören, der Hunger komme beim Essen.«
»Dies widerfährt nur Königen, Päpsten und Kaisern.«
»Dann gehen wir doch essen.«
»Wo?«
Millemosche antwortet nicht einmal, er geht entschlossen auf eine Stelle auf der anderen Seite des Flusses zu, die beiden anderen folgen ihm und stolpern über die weißen Steine, die auf der Erde verstreut herumliegen, das heißt über die Knochen der Toten.

LUIGI MALERBA (links), geboren 1927 in Berceto bei Parma, Mitbegründer der ›Gruppe 63‹, lebt in Rom und Orvieto.

TONINO GUERRA geboren 1920 in Santarcangelo (Romagna), wo er auch lebt. Schriftsteller und Drehbuchautor, u.a. für Federico Fellini, Michelangelo Antonioni und die Brüder Taviani.

LUIGI MALERBA

Die nackten Masken

Ein spannender Roman im Rom der Renaissance, über Teufel und Diakone, Huren und Päpste, Intrigen und Aufruhr.
»Ein teuflisch gutes Buch.« Brigitte
Quart*buch*. Blaues Leinen. 304 Seiten

Die fliegenden Steine

Ein berühmter Maler, Ovidio Romer, will an fremden Orten sein Leben aufschreiben: die seltsamen Abenteuer, die ihn von Rom nach Abessinien, Ägypten, Kanada und schließlich in ein falsches Schloß nach Umbrien führen.
»Ein Roman voll wunderbarer Erfindungen und Findungen.« La Repubblica
Quart*buch*. Schwarzes Leinen. 240 Seiten

Das griechische Feuer

Ein historischer Kriminalroman über eine schöne, nymphomane Kaiserin, ihre Bürokraten, Kaiser und Liebhaber und eine Geheimwaffe, die über das Wasser laufen kann.
»Eine locker und elegant geschriebene spannende Geschichte über die Verführung der Macht.« Alice Vollenweider
Quart*buch*. Schwarzes Leinen. 220 Seiten

Wahrhaftige Gespenster
Geschichten aus den eingebildeten Wissenschaften

Eine Sammlung unterhaltender, phantastischer Geschichten des großen und weisen Ironikers der italienischen Literatur: Eine Einführung in den Alltag unserer Besessenheiten und in die kunstvollen Hirngespinste Malerbas.
SVLTO. Rotes Leinen. 96 Seiten

Die nachdenklichen Hühner
Mit 15 neuen Eiern im Hühnerstall

»Der Autor zeigt uns mit dem Blick auf den Hühnerhof die menschliche Seele mit all ihren Unzulänglichkeiten, lachhaften, selten lächerlichen Seiten und die Bandbreite seines komischen Talents.« Iris Denneller, Tagesspiegel
SVLTO. Rotes Leinen. 80 Seiten
mit Zeichnungen von Matthias Koeppel

Verlag Klaus Wagenbach Berlin

Für Leser, die ausziehen,
ihre Bücher zu suchen:

MICHELANGELO ANTONIONI
Chronik einer Liebe, die es nie gab
34 Erzählungen des großen Filmregisseurs: Unmögliche Portraits von der Liebe, unordentliche Dreiecksgeschichten, erdachtes Glück und Unglück.
SVLTO. Rotes Leinen. 160 Seiten

GESUALDO BUFALINO
Museum der Schatten
Geschichten und Bilder aus Sizilien
Ein Museum, neu illustriert: Geschichten aus dem alten Sizilien, über verschwundene Berufe, alte Redewendungen, vergessene Orte und Gebräuche.
SVLTO. Rotes Leinen. 96 Seiten mit zahlreichen Fotos

CARLO EMILIO GADDA
Mein Mailand
Ein Lese- und Bilderbuch
Ein kleines Lesebuch mit allen wichtigen Texten des Vaters der modernen italienischen Literatur über seine Heimatstadt; mit sorgfältig ausgesuchten zeitgenössischen Bildern. Wo Gadda ist, ist Mailand, wo Mailand ist, ist Gadda.
SVLTO. Rotes Leinen. 96 Seiten mit vielen Fotos

PIER PAOLO PASOLINI
Geschichten aus der Stadt Gottes
Neue, bisher unbekannte Erzählungen aus und über Rom. Aus der frühen römischen Zeit Pasolinis, der Zeit der *Ragazzi di vita*: Über die Stadt Gottes und den »grausamen Baedeker« ihrer Bewohner.
SVLTO. Rotes Leinen. 96 Seiten

PIER PAOLO PASOLINI
Wer ich bin
Mit einer Erinnerung von Alberto Moravia
Zwei unbekannte Texte: Ein informatives autobiographisches Poem – eine Lebensauskunft. Und ein exzentrisches Bekenntnis zu seiner »verzweifelten Vitalität«. Ergänzt werden die Texte durch ein ebenfalls unveröffentlichtes Gespräch mit Alberto Moravia, in dem er seinen Freund Pasolini portraitiert.
SVLTO. Rotes Leinen. 80 Seiten

ROBERT PINGET

Ohne Antwort

Als Monsieur Traum zu schreiben begann: Robert Pingets erster Roman über ein heiteres, besinnliches, sonniges Kleinstadtinferno, der die Bilderwelt aus dem Kino Jacques Tatis als literarisches Kunststück vorführt.

SVLTO. Rotes Leinen. 112 Seiten

LEONARDO SCIASCIA

Mein Sizilien

Wer Sizilien liebt: hier ist sein Buch! Miniaturen über ›das Sizilianische‹, den sizilianischen Don Giovanni und eine unmögliche Hauptstadt, über Luftschlösser und die Schlösser des *Leopard*, über die sizilianischen Küsten und die Dörfer am Ätna.

SVLTO. Rotes Leinen. 144 Seiten

ANTONIO TABUCCHI

Die Frau von Porto Pim

Geschichten von Liebe und Abenteuer

Neun Geschichten, die nicht nur von den Abenteuern der Liebe erzählen, sondern auch von den Abenteuern des Raums, der Sprache und der Zeit. Und: das schlingernde Flügelwesen auf dem Birnbaum.

SVLTO. Rotes Leinen. 80 Seiten

ALICE VOLLENWEIDER

Italienische Provinzen und ihre Küche

Eine Reise und 88 Rezepte

Eine Reise durch Italien und seine höchst verschiedenen regionalen Küchen mit vielen Rezepten und anderen nützlichen Hinweisen auf Leute, Orte, Unterhaltungen. Von einer großen Kennerin der heutigen italienischen Schriftsteller und Kochtöpfe.

SVLTO. Rotes Leinen. 168 Seiten mit vielen Abbildungen

Wenn Sie mehr über den Verlag und seine Bücher wissen möchten, schreiben Sie uns eine Postkarte. Wir schicken Ihnen gern die ZWIEBEL, unseren Westentaschenalmanach mit Lesetexten aus den Büchern, Fotos und Nachrichten aus dem Verlagskontor. Kostenlos, auf Lebenszeit!

Verlag Klaus Wagenbach, Ahornstraße 4, 10787 Berlin

Von dreien, die auszogen, sich den Bauch zu füllen
erschien 1996 als 60. *SVLTO*

Die Originalausgabe erschien unter dem Titel
Storie dell'anno Mille
bei Bompiani Editore in Mailand

© 1969, 1974 Casa editrice Valentino Bompiani & C. S.p.A., Milano
© 1996 für die deutsche Übersetzung Verlag Klaus Wagenbach,
Ahornstraße 4, 10787 Berlin
Einbandgestaltung von Rainer Groothuis unter Verwendung des Bildes *Rastende Bauern und Wanderer* von Werner Tübke (© VG Bild-Kunst, Bonn 1996). Gesetzt aus der Borgis Walbaum Standard und Walbaum-Fraktur von der Offizin Götz Gorissen, Berlin. Druck und Bindung durch Clausen & Bosse, Leck. Leinen von Herzog, Beimerstetten. Gedruckt auf chlor- und säurefreiem Papier. Printed in Germany. Alle Rechte vorbehalten.
SVLTO ist patentgeschützt.
ISBN 3 8031 1159 5